À mes fils, a ... ...

À tous les miens.

« Il en est pour qui la liberté d'être est entravée par leur propre reflet dans le miroir de l'insupportable vérité. »

« Les personnages et les situations de ce récit étant purement fictifs, toute ressemblance avec des personnes ou des situations existantes ou ayant existé ne saurait être que fortuite »

Couverture, source images :
Aigle : Richard Rosskothen / 123RF.com ©
Silhouette sur le rocher et coucher de soleil : Ines SulJ / 123RF.com ©

LE CIRQUE DE LA SOLITUDE

Histoire d'une mère et d'une montagne

PARTIE I

ALESIU FILS D'UNE TERRE SAUVAGE

L'automne entamait son œuvre. Mais sur cette île-montagne insolemment exposée vers le sud, la température atteignait encore des sommets quasiment printaniers. Alesiu, du haut de ses 17 ans passés depuis le début de l'été, avait le regard pointé vers l'horizon lointain que la mer laissait deviner dans son tumulte perpétuel. Un regard perçant. Noir. Et bien posé. Un regard pointant comme le triangle de granite rouge surplombant la mer sur lequel, telle la proue d'un navire corsaire, Alesiu avait l'habitude de venir se tenir fièrement, après sa dure et longue journée de labeur. Un promontoire annonçant le cap vers une destination mystérieuse. Pleine de promesses inaccessibles. Cet instant presque quotidien était sa méditation. Son recueillement. Ce moment de solitude comme une grande bouffée inspiratrice. Recentré. Dans une respiration calme et ample. Une prière lancée à l'univers, à cet inconnu lui paraissant si lointain. Et pourtant si proche tant il emplissait inlassablement son cœur et nourrissait, chaque instant, son esprit de questions métaphysiques.

Alesiu portait sa tenue habituelle d'enfant berger. En bas. Un pantalon de tissu noir, fin et solide, légèrement bouffant, resserré sur ses mollets rebondis de montagnard. La cheville recouverte par le haut d'une bottine de cuir marron clair de confection artisanale, exhalant encore l'odeur ambrée de la bête qui avait offert sa peau pour chausser ses pas fermes et assurés. Sur le haut. Un chemisier couleur d'albâtre sans boutons ouvrant, par un col en V profond, sur une poitrine ferme et puissante joliment dessinée d'une musculature vigoureuse d'animal farouche que rien n'arrête. Les manches du chemisier, légèrement bouffantes elles aussi, retroussées sur des avant-bras forts, révélaient une ossature solide et inébranlable. Un bandeau de tissu rouge sang épais et grossier, dans lequel Alesiu glissait le couteau au manche en corne de bélier, ceinturait sa taille fine. Ce couteau, transmis en héritage, qu'il portait en permanence sur lui dans le cas d'une attaque de brigands ou de bêtes incontrôlables. Sa belle chevelure de feu, ondulée jusqu'à mi- cou, châtain foncée aux reflets d'or à la fin de l'été, battait au vent tout comme sa tunique. Alesiu aimait ressentir le claquement de ses habits contre sa peau. Tout comme il appréciait sentir ses cheveux se laisser coiffer par les embruns salés de la méditerranée, donnant à ses lèvres soigneusement ciselées et charnues un goût d'éloignement et d'aventure. Alesiu, sur son rocher, avait la stature d'un danseur statique, d'un penseur en mouvement. Aligné...

Mais en ce jour, il se sentait comme un roc. Pas un roc dense, ferme, robuste et massif. Non. Un roc fait d'une matière friable, que le moindre courant versatile du flux de la vie pouvait emporter avec lui en une fine trainée de sable et de poussière.

Alesiu avait beau être taillé dans la roche de son île, et avoir été forgé dans cette nature sauvage et aride que ni le manque d'eau, ni le soleil plombant n'épuisent, son cœur sensible et doux portait une faille béante que même son bâton de buxus sempervirens ne pouvait soutenir pour trouver la stabilité, la paix et l'harmonie. Son cœur et son âme étaient bien trop chargés. Ankylosés d'un lourd et pesant secret dont lui seul, n'avait encore jamais reçu l'écho. Quelle était cette douleur immense ? Cette blessure qui lui mettait la chair à vif dans son lien à la vie ?

S'il donnait au village l'apparence d'un caractère fort et solide, Alesiu passait surtout pour quelqu'un d'excessivement hostile. Malgré cela, Il faisait preuve d'une sagesse et d'une maturité que la plupart des gens, même d'âge respectable, ne connaîtraient jamais. Pourtant… Il y avait en permanence en lui, ce trou noir au milieu de la poitrine. Ce puit sans fond. Cet abysse. Cet abîme. Que rien, aucune affection, aucune attention, aucun geste amical et bienveillant, ne comble. Alors on l'avait considéré comme un enfant à part. Cela faisait de lui un sanguin. Un sauvage. Un écorché vif. Dans son univers. Un enfant qui, petit, ne jouait que très rarement avec ceux de son âge. Ou plutôt, avec qui les enfants de son âge ne s'aventuraient pas à jouer. Et, à part, c'est là qu'on le laissait depuis toujours. Isolé. De côté.

Dans sa sphère impénétrable. Sa carapace infranchissable. Sous une peau tannée par une épreuve insoupçonnée. On l'avait, tout au long de son existence, écarté de la possibilité d'exister semblable parmi ses semblables. C'est d'ailleurs cela qui l'avait conduit à arrêter très tôt l'école. Un enfant brillant mais reclus. Au fond de lui, Alesiu le savait. Il l'avait toujours su. Il le sentait depuis sa petite enfance. Ce qui était la source de son exclusion. C'était forcément relié à un passif qui le dépassait. Qui allait au-delà de ce que les hommes peuvent comprendre. Que ni les fées, ni les dieux ne pouvaient interpréter. Ce n'était pas lui qu'on chassait. C'était sûr. Mais bien de vieux démons. Enfermés, depuis longtemps maintenant, dans des coffres à fond de cale d'un vieux gréement solidement échoué dans les profondeurs des eaux turquoise. Et personne au village n'envisageait de s'y aventurer de nouveau. Car la règle, ici, était que nul ne savait rien sur rien, ni sur personne. C'était plus sûr. Mieux valait rester barricadé derrière une façade de fierté et de solidité. Question d'honneur disait-on. C'est pour cela, qu'au village, on avait préféré le mettre de côté.

Alesiu était bien cet enfant sauvage. Pourtant, lorsque vous le croisiez, au détour d'une ruelle, à la bifurcation d'un chemin de montagne, lorsque vous l'interpelliez d'un bonjour et qu'il vous répondait, son regard était éclairé. Intense. Instinctif. Authentique et sincère. Il avait ce regard profond, perçant et parfaitement posé. Un regard qui vous fixe droit. Animal. Un regard qui ne vous déstabilise pas mais au contraire vous donne une confiance et une assurance absolues. Lorsqu'il vous parlait, ses mots n'étaient pas nombreux. Pas qu'il fut avare en conversation. Non. Ses mots tombaient juste. Vifs et précis. Emplis de sens et de poésie. Il savait choisir un vocabulaire riche et concis. Adapté à chacun de ses interlocuteurs. Si bien que, chaque mot, chaque syllabe claquaient aux oreilles de celui qui l'écoutait. Alesiu avait ce parler qui vous touche comme une flèche, droit au cœur. En résonance. En harmonie. Dans un rythme parfaitement maîtrisé. Tout comme son regard, son phrasé était posé. Doux. Assuré, comme un livre ouvert. Comme si chaque instant consacré à l'autre devenait un moment privilégié de son existence. Une occasion pour lui de découvrir un peu mieux les secrets du monde. À travers le partage que lui offrait un autre regard que le sien. Au-delà du besoin de réciprocité, il restait à l'affut de tous les signes d'une bonne étoile qui le guiderait vers un horizon à la lecture plus précise et qui éclairerait ce trou noir au milieu de la poitrine.

Alesiu n'avait jamais quitté son île. Il ne savait pas vraiment non plus s'il y était né. En tout cas, aussi loin que sa mémoire pouvait le porter. Et surtout, il ne connaissait pas ses parents. Il ne se rappelle d'ailleurs pas les avoir connus. *Un jour.* Ou tout du moins n'en connaissait que le peu que lui avait raconté, à une seule reprise, Antò. Antò ! L'homme qui l'avait élevé comme son fils.

De son histoire, seule une vielle photo jaunie de sa mère. Cette grande et belle jeune femme à la chevelure d'ébène vêtue d'une splendide robe de princesse noire et étincelante de mille paillettes, lui montrait qu'il tenait d'elle son physique longiligne, agile et gracieux. Alesiu conservait le cliché dans une vieille boite métallique de pastilles pour la gorge, jaune et blanche, à moitié défraîchie et rouillée par trop de souvenirs refoulés. L'écrin conservait encore l'odeur d'arôme synthétique de citron rance. Cette boite qu'Antò lui avait remise. *Un jour.* De toute façon, cela lui était égal de ne pas connaitre ses parents. Puisqu'il ne connaissait pas grand-chose non plus du monde à l'autre bout de son promontoire de granite. Plutôt, il n'en connaissait rien. Selon lui, c'était cet inconnu-là qui créait ce grand vide. La peur de ce précipice immense au fond duquel il ne savait pas vraiment ce qu'il pourrait trouver. *Un jour.*

Alors Alesiu se rattachait à ce qu'il connaissait le mieux. Son île sauvage. Il savait chaque recoin. Il avait exploré chaque montagne. Avait gravi tous les cours d'eau même à contre-courant. Escaladé à mains nues chaque falaise de granite ou de calcaire aussi escarpée fut-elle. Il avait surfé chacune des vagues, de chacune des criques les plus reculées et inaccessibles. Son île, c'était son terrain de jeu. Depuis toujours. Et chaque soir, en s'endormant sur la couche qui lui est réservée dans le coin au fond à gauche de la bergerie d'Antò, il fermait les yeux. Le casque de son walkman fixé sur sa belle toison d'or, en écoutant la voix ombreuse, envoûtante et chaleureuse de Leonard Cohen.

Épaulant ta solitude
Comme un fusil avec lequel tu n'apprendras pas à viser
Tu trébuches dans ce cinéma
Alors tu montes, tu montes dans le cadre
Oui et ici, juste ici
Entre le clair de lune et la terre
Entre le tunnel et le train
Entre la victime et sa plaie
Encore une fois, encore une fois
L'amour t'appelle par ton nom*

Et en rêve à demi-éveillé il refaisait, comme un rapace pourfendant l'air, le survol de son île majestueuse. Irait-il voir par-delà la mer ce qui se cache derrière ?

Un jour...

Dans son long voyage onirique, Alesiu passe en revue toute la richesse de son environnement féérique. Tel un milan en veille, il étend ses bras comme des ailes pour ressentir les assauts des courants ascendants et

*Love calls you by your name, Leonard Cohen

descendants du vent. Pour s'abandonner dans les atrabilaires rafales du libecciu soufflant depuis l'ouest. Dans un vol léger et fluide. Libre. En parfaite communion avec le souffle de l'air. Il se laisse d'abord glisser le long de la côte escarpée, ponctuée à chaque cap, semblables à des gardiens statiques, par des tours de guet rondes ou carrées. Il s'insinue le long du rivage, depuis les roches schisteuses vert Impérial du nord qui plongent en d'abruptes falaises dans une mer très vite abyssale. Jusqu'un peu plus bas vers des orgues basaltiques crachant des symphonies esthétiques extravagantes. Plus loin, de monumentales cathédrales de granite rouge laissées par des millénaires d'effondrement volcanique. L'ensemble reflété dans une eau parfaitement limpide aux nuances de turquoise et de jade. Une mer qui dégueule des quantités fantasmagoriques de poissons en tout genre venant vous manger dans la main comme les pigeons mangent les graines au milieu des parcs. Dorades, dentis édentés, girelles, rascasses piquantes, rougets barbet à barbe rouge, oblades gloutonnes, liches, loups, mulets têtus et mérous cachés, sars malins, vives très vives et vieilles impérissables... Tous pratiquent un ballet majestueux et acrobatique qu'aucune règle ne soumet. Vêtus de leurs plus beaux apparats iridescents.

Alesiu aime plonger du haut des flancs sensuels de son atoll pour flirter avec ce monde du silence dans lequel il se reconnait. Il le rassure. L'enveloppe. Le caresse. Le remplit. Comme lui, ce monde d'une profondeur infinie, est fait d'un vide intense et effrayant, révélant sa vulnérabilité. Un microcosme que l'on se doit de protéger. De préserver soigneusement. Mais aussi une immensité pleine de curiosité à découvrir. Faite de trésors enfouis qu'il faut aller extirper pour mieux en découvrir complexité et nuances. Tour après tour, golfe après golfe, crique après crique, les plages se succèdent. Tantôt de falaises abruptes, tantôt de galets, tantôt de sable fin. Le granite, anciennement rugueux, échoué sur les plages, prêt à éclore, a pris une forme adoucie et ovoïde après des années de gestation au sein des ressacs berçants de la mer. Le bois flotté qui jonche le sol attend patiemment les âmes créatives pour devenir lampe, cadre, mobile suspendu ou tout simplement sculptures bizarroïdes. Cette île est un paradis. Son paradis sauvage.

Son excursion aérienne tirait ensuite jusqu'aux imposantes parois de calcaire immaculées du sud. Là où les vents sont si éloquents qu'ils murmurent à l'oreille de tous les navigateurs et free styler venus des quatre coins du globe. Et dans un couloir de vent, avec la fougue d'une tornade enivrante, son odyssée devenait plus terrestre en pénétrant le cœur de l'île. Pour ressentir d'un peu plus près toute la flore et la faune.

Un patrimoine et un terroir. Toute une histoire. Tout ce qui donne à cette terre si fière son caractère singulier et bien trempé. Car le peuple qui a su l'apprivoiser, s'est forgé en son sein et non sur ses rives de sable fin. Ce peuple fait de montagnard, de paysan, reliés à cet humus souvent convoité, souvent conquis, mais jamais soumis. Son âme est fière. Réservée. Nonchalante. Chatouilleuse. Disposant de codes d'honneurs ancestraux, et par-dessus tout indépendante ! À l'intérieur de cette terre, d'imposantes chaines de granites, de schistes et calcaires multicolores sur lesquels s'accrochent des villages pittoresques fait de la même veine. De ces villages affleurent de massifs clochers, signes d'un attachement fort au spirituel. Il en surgit de hautes maisons de pierre se serrant les unes contre les autres pour mieux se réchauffer les longues soirées d'hiver. Entre les villages et les montagnes, serpentes des routes plus tordues et sournoises que dix couleuvres que l'on avale. Si bien que parfois certaines n'aboutissent sur rien. Sur rien de plus qu'une nature sauvage. À la fois aride et luxuriante. Tantôt, il s'agit d'un court mais épais maquis où s'enlacent des milliers de senteurs ambrées de myrte spirituelle, de thym, d'aulnes odorants, d'asphodèles, de pivoines, d'arbousiers aux fruits âpres, farineux jaunes et rouges, de cistes baveux, de lentisques collants, d'immortelles flamboyantes, et de chardons ardents...

Tantôt ce sont de vastes forêts arboricoles où se côtoient fièrement les pins laricio, oliviers, eucalyptus signes d'une colonisation venue de loin, chênes verts, chênes lièges et surtout l'emblématique châtaignier duquel on tire les bénéfices du feu de la cheminée afin de réchauffer les cœurs et égayer les âmes des vieux comme des plus jeunes qui se retrouvent ensemble. Car ici, on n'a pas oublié la valeur indéfectible du lien de la famille. Dans ces demeures modestes et rustiques, on partage. Au coin du feu. Une vieille histoire d'antan, une partie de belote, un bout de pain et de formage, de la bonne charcuterie que le grand-père a laissé sécher au grenier ou du civet de sanglier que l'oncle a ramené de la chasse. La soirée finit souvent avec les voisins et amis qui viennent là, compléter les voix d'un chant polyphonique d'où s'élève une voix chimérique. Ces chants qui, s'ils semblent tristes à l'oreille, demeurent totalement envoutant. Le plus souvent, ils se laissent gentiment accompagner d'une guitare émue par tant de générosité. Les discussions battent leur plein dans un langage spécifique fait de u, de i, de a, de ghj et de chj. Tous s'attachent à le cultiver et à le parler orgueilleusement devant ceux qui ne le pratiquent pas. Pour affirmer une appartenance vraie et enracinée à cette terre. Pour dire NOUS ! Nous sommes d'ici. D'ici depuis longtemps. Depuis toujours.

Après s'être abreuvé à la source de cette vie tant enviée. Dans son rêve. Le voyage prenait une teinte plus morose. Plus noire. Engourdi par cette si joyeuse, mais écrasante réalité, loin de la sienne. Son ascension chimérique d'aigle solitaire, s'insinuait alors vers les plus hautes et imposantes montagnes du centre. Bien plus escarpées. Bien plus dénudées et froides. Accidentées de toutes parts. Où les saillies et les pics vertigineux alternent avec des creux et des failles. Parsemées par endroit de lacs glacials. Tels des miroirs diseurs de vérité, reflétant les âmes endolories. Alesiu avait la sensation d'avoir emprunté ce fameux chemin de traverse. Loin de la lumière. Ombre parmi les ombres. Le cœur comprimé dans sa poitrine ferme et juvénile. Son souffle devenait laborieux et court. Sa gorge se nouait, comme si le rapace l'enserrait de ses ergots puissants. Alesiu s'enfonçait lentement, vers un état d'effroi et d'angoisse. Transpirant, suffocant.

Tout cela laissait présager que son voyage s'achevait là, en ce lieu mystique et Sombre. Écrasant. Maltraitant un peu plus le trou noir béant au milieu de sa poitrine. Ce lieu ne faisait que le raviver. L'amplifier. L'intensifier. Le rendant encore plus oppressant et insupportable. Alesiu se sentait dépossédé de son âme. Dépossédé de son enveloppe charnelle. Il se sentait mourir. Dans son rêve, le milan se posait là. Dans ce lieu cerné d'une chaine de montagne abrupte et circulaire.

Omniprésente au point de l'empêcher d'interroger l'horizon. Dans ce gouffre si encaissé qu'aucun rayon de soleil ne parvient à atteindre le fond. Exerçant une emprise sur son mal être. Et à y réfléchir, cet endroit ne lui paraissait pas totalement étranger. Impression de déjà-vu.

Dans ce panorama paranoïaque, étriqué et tourmenté, des rafales sifflantes s'engouffraient à travers chaque faille et fissure. Ces bourrasques anarchiques mettaient en résonnance toute la vallée. Le vrombissement devenait vibration. La vibration devenait écho. L'écho de plus en plus clair devenait consonnes et voyelles donnant naissance à des syllabes audibles. L'écho devenait mots. Les mots comme un air de prophétie déjà entendue maintes et maintes fois, se répétaient inlassablement dans une spirale sans fin.

Quel était ce lieu ? Quels étaient ces mots ? Répétant sans cesse son prénom ? Alesiu, Alesiu, Alesiu…

- Alesiu, Alesiu, oh ! Tu te réveilles. Alesiu debout maintenant c'est l'heure, Aïo.

Dans un sursaut. D'un bon, Alesiu fût tiré de son sommeil par Antò. Comme chaque matin. Ou plutôt, comme chaque milieu de nuit à 3h30 pour traire les chèvres. Et être prêt ensuite, à 4h, pour rassembler les brebis parties vers les hauts pâturages pour de longues séances de broutage voir si l'herbe n'était pas plus verte ailleurs. Car les bêtes aimaient encore profiter de la douceur de ce début d'automne. À cette époque, les hauteurs offrent une nourriture bien plus grasse et nourrissante. Cette tâche demandait à Alesiu une longue marche faite de multiples allers-retours depuis la bergerie.

La bergerie d'Antò était située sur les hauteurs du village. Éloignée de toutes les autres habitations. Pour y parvenir, pas d'autres moyens que d'emprunter, à pied ou à dos de mulet, un sentier caillouteux, cabossé et sinueux. Il montait à partir du village en contrebas des deux chapelles. Lentement, il progressait le long d'un maquis dense où les lentisques, la bruyère, les arbousiers et oliviers reprenaient petit à petit leurs droits après avoir résisté à un été caniculaire. Au fur et à mesure de l'ascension, la piste s'enfonçait dans une épaisse forêt de chênes verts, de chênes liège et de frênes vous accueillant avec bienveillance. Chemin faisant, il n'était pas rare de rencontrer, isolé ou en troupeau, le porcu nustrale, mutant croisé entre cochon et sanglier. Ou encore quelques vaches maigres, n'appartenant à personnes et à tout le monde en même temps. Errant en solitaire sur les bas-côtés à la recherche de leur peine ou de quelques subventions. Sous le soleil doux d'un été indien, les lézards lézardaient encore sur les rochers de granite parsemant la végétation tels des menhirs érigés et sculptés par l'homme. Les rouges gorges s'égorgeaient encore à coup de piaillements comme si le printemps avait sauté automne et hiver à grandes enjambées. Les papillons papillonnaient toujours tentant d'ultimes parades nuptiales. Les tortues Herman partaient encore à point. Les bousiers roulaient encore leur bosse. Les couleuvres serpentaient et sifflaient toujours. Et les aigles, buses, milans et autres faucons continuaient de guetter leurs proies en survols circulaires au-dessus des têtes.

La bergerie se situait à la lisière de la forêt. Le sentier aboutissait sur un vaste plateau vallonné tapissé par un fin et abondant gazon, constellé de pozzi, trous d'eau dus à l'effondrement de la terre sous son propre poids du fait de la forte humidité du sol. Ou jonché de blocs massifs de granite blancs et gris qui ont atterri ici comme une pluie de météorites. L'endroit, bien qu'étant très frais, profitait aussi d'une exposition idéale. On pouvait sentir et encore savourer en cette saison, les tendres rayons du soleil. C'est d'ailleurs ce qu'Antò n'hésitait pas à faire quotidiennement aussi bien au milieu de la matinée, qu'en début d'après-midi. Il callait son dos contre son parement de roche habituel, dépoli par des siècles de pratique de sa sieste bienfaitrice et inévitable. Le privilège de l'âge, comme il le disait à Alesiu, qui n'avait pas le droit à une minute de répit.

La bergerie comptait deux bâtiments rectangulaires relativement bas se jouxtant. Un cabanon suivi d'une étable. Les façades montées avec des blocs de granites mal taillés, hétérogènes en taille, en forme et en couleur. Les blocs superposés, presque jetés en quinconce les uns sur les autres. Réussissant à former, malgré tout, des murs parfaitement droits et presque lisses. Le toit était constitué de voliges d'un bois rendu grisonnant par les soucis du climat montagnard rapidement changeant et capricieux. Le tout tenant au vent grâce à de lourdes pierres posées par-dessus. Une seule petite lucarne laissait pénétrer un timide faisceau de lumière. Tout juste suffisante pour distinguer la bougie afin de l'allumer le soir venu. La porte en bois vermoulu et gonflée par l'attente laissait passer le jour et le froid de la nuit. D'une hauteur parfaitement adaptée à la taille des gens de la région. Obligeant Alesiu, un peu plus élancé que la moyenne, à courber le dos à chaque passage.

L'intérieur du cabanon était spartiate. Lorsque qu'on entrait par la porte située sur la droite, on apercevait deux couchettes dans le fond à gauche. Faites d'un sommier de bois craquant et grinçant sur lequel repose un épais matelas piquant à cause des ressorts déglingués, et de la garniture de laine de brebis autochtones. Sur chacune d'elle, un ensemble de couvertures non moins gratouilleuses de laine et de peaux de bêtes. Le lit d'Antò se trouvait coté fenêtre, en face, celui d'Alesiu contre le mur faisant front à la lisière du bois. Au centre de la bergerie, une petite table en formica bleu clair écaillé. Bancale. Cernée par juste deux vieilles chaises déplumées et rafistolées avec les moyens du bord. Sous la lucarne offrant une vue magnifique sur le vaste pâturage, une vasque taillée à même la pierre. Unique point d'eau de la maisonnée. Qu'on alimente à partir de la source glaciale située à l'extérieur. Car tout se fait à l'eau froide. La vaisselle comme la toilette que l'on souhaite courte surtout l'hiver. Contre le mur perpendiculaire à la porte, au centre, un poêle en fonte de marque italienne. Il servait aussi bien de lieu de cuisson que de chauffage. Dévorant des quantités gargantuesques de bois en hiver comme le reste de l'année. Car ici, en altitude les nuits sont fraiches, même l'été.

Le seul autre mobilier de la maisonnée était un vieux buffet imposant d'époque napoléonienne. Le bois patiné et piqueté de vers gloutons. Le corps du meuble surmonté de marbre blanc et pesant. Le mastodonte servait de garde-manger, de rangement pour la maigre vaisselle ébréchée, dépareillée et dépolie, et de dressing pour les quelques tenues des deux occupants. Ici on vivait au rythme des exigences de la nature. Avec l'essentiel. Le superflu était vite remplacé par le besoin de vide. « U vechju vale u novu* » était une obsession

* le vieux vaut le neuf   23

chez Antò. L'instinct de conservation. La seule décoration qu'il s'était autorisée, était un crochet sur lequel il suspendait, par leur lanière de cuir, deux vieux fusils de chasse à double canon et deux besaces de berger. Ici les fusils étaient plus utilisés comme armes de défense que pour les battus qui sont de coutume sur l'île, qui regorge de sanglier et autre gibier.

En cette nouvelle matinée embrumée d'automne, Antò dans son fort accent des montagnes, sur un ton plus pressant et agacé cette fois, relança l'adolescent.

- *Oh ! Aïo ! Debout maintenant. Oh ! Alesiu. Tous les jours ça devient pareil ces derniers temps. Tu sais bien que j'attends après toi pour mettre le lait de chèvre à cailler. Oh ! Et ensuite quand tu auras regroupé les brebis il faut que tu ailles me faire une course au village*

- *Oui Antò. Je n'y arrive pas en ce moment. Tous les jours tu me répètes la même phrase. Je sais ce que j'ai à faire.*

- *Eh ïé ! Je te le répète mais pourtant tu recommences.*

- *De quoi as-tu besoin au village ?* L'adolescent changea de sujet pour ne pas faire enfler la polémique.

- *Eh ! Il faut que tu ailles au magasin chez Toussaint, il a dû recevoir mes balles de golf*

Antò ! C'est lui qui avait fait grandir Alesiu. Depuis toujours. Les cinq premières années avec celle qui partageait sa vie. Mattéa, sa compagne ou plutôt sa présence. Bien trop craintif de ce qu'était un bébé. Il confiait cette difficile et trop délicate tâche à celle qui pouvait être mère. Impensable pour lui. Ça n'était juste pas possible. Trop compliqué un bébé. Trop terrifiant. Ça ne communique pas. On ne comprend pas ce que signifient ses pleurs. Antò comprenait mieux les bêtes qu'un bébé humain. Qu'un humain tout court sans doute. Il était plus évident pour lui de parler à ses bêtes avec ses stridulations étranges que d'avoir de longues conversations et encore moins de faire des babillages et des gouzis-gouzis à un enfant. Après la rupture avec sa Matéa, Antò avait pris le relais de d'éducation du jeune Alesiu. Alors qu'il n'avait que 5 ans. Et Antò, pas plus à l'aise, avait très vite considéré le petit bout d'homme tout à fait apte à se gérer en bon autonomiste. Ils avaient donc tout deux quitté la maison de village pour s'installer à la bergerie. Dès 5 ans, Alesiu rejoignait l'école à pied, chaque jour seul sur le sentier. Le ventre vide. Son lourd cartable dans le dos. Dans le souffle du vent, le silence et les bruissements de la nature. Dans l'irrésistible appel du sauvage. Déjà muni de son bâton de buxus sempervirens à battre le sol et l'eau du ruisseau. À observer le vol des oiseaux, la course furieuse des sangliers, la voltige des papillons.

Puis enfin entendre les cloches des deux églises le rassurer de son arrivée imminente au village. À voir les maisons se dresser au fur et à mesure de l'approche. Sentir les fumées de cheminées chaudement ravivées aux petits matins d'hiver. Et enfin, arriver devant la boulangerie de la vieille Saveria. Où se mêlaient les senteurs gourmandes chocolatées à celle des pains campagnards. Alesiu s'autorisait un bon pain au chocolat tout chaud de la première fournée. La vieille Saveria n'était pas vraiment vieille. A cinquante ans, elle vivait depuis plus de vingt ans déjà, comme une vieille fille. Depuis que son mari avait été assassiné dans une ancienne querelle de voisinage opposant deux familles du village. Mais dont on ne se souvenait plus l'origine du conflit. Saveria était une femme rondelette. Toujours habillés de sa robe noire de veuve. Les cheveux grisonnant tirés par quatre épingles en un chignon bien lisse et tendu. Elle ne prêtait plus guère attention à la beauté de son visage. Celle qu'elle avait lorsqu'elle était une jeune épouse.

Saveria était une des rares personnes au village qui n'hésitait pas à prendre soin de cet enfant solitaire. Cet enfant que personne ne voulait vraiment voir. Elle était d'ailleurs d'une grande bienveillance avec Alesiu. Toujours un sourire. Toujours un petit mot rassurant. Très maternelle. Sans doute lui manquait-il de n'avoir pu être mère ?

-Bonjour mon Alésiu ! Le chemin a été bon ce matin ? Tu as fait de belles rencontres ?

-Bonjour vieille Saveria ! Oui j'ai bien marché. Par contre aujourd'hui tout était calme et silencieux. Et tu sais, je préfère souvent ça au vacarme incontrôlé et euphorique des autres enfants de dix ans !

- Oh ! Les enfants de ta classe t'embêtent ?

- Non Vieille Saveria. Ils font comme si j'étais invisible. Ou se moque de moi entre eux pendant la récréation. En me regardant du coin de l'œil. Je crois que je leur fait peur Mais ça m'est égal. Parce que je ne les comprends pas.

- Oui je vois ! Comme tous les autres gens du village. Tu as raison. Ne fais pas attention à eux. Je crois qu'ils ont peurs d'eux même. Tu veux un pain au chocolat et un chocolat chaud, je te les offres !

- Merci Vieille Saveria. Tu sais pourquoi ici au village les gens arrêtent de parler à mon arrivée. Me regardent bizarrement et m'ignorent ?

- M'beuh i no ? Tu le sais toi ? Moi je ne sais rien tu sais mon Alesiu. Moi je ne pose pas de question.

-Finalement je préfère ne pas chercher à comprendre. Merci pour mon petit déjeuner, je dois aller en classe. À bientôt vieille Saveria.

Mais Vieille Saveria, à l'arrivée de l'adolescence, avait fini elle aussi par couper le lien, comme tous les autres. Comme ça. Sans raisons apparentes.

Alesiu continua son chemin vers l'école jusqu'à l'âge de seize ans. Puis il décida finalement qu'elle n'était pas chose faite pour lui. Que la vie de berger lui correspondrait davantage. Plus en lien avec son tempérament sauvage. Solitaire. Indépendant. Libre ! Il fit donc le choix d'apporter son aide à Antò et quitta les bancs du lycée.

Antò, bientôt 55 ans. Il a le physique adapté à la rudesse des montagnes. Le centre de gravité bas. Ultra-Terrestre. Des pieds larges fermement arrimés à ce sol riche. Un corps trapu. Des épaules fortes, larges et légèrement tombantes. Surmontées d'un cou massif de rugbyman. Des bras robustes même si les muscles ne sont pas dessinés. Des avants bras volumineux abondamment poilus tout comme le reste du corps. Révélant un fort taux de masculinité. Un pelage frisé, blondi par les nombreuses heures d'exposition au soleil et certainement des ascendances viking. Des mains larges aux doigts boudinés et aux lignes usées par une longue histoire de travail manuel. Des jambes courtes. Plus courtes que le torse. Pour être plus proche de sa terre. Mais d'une puissance herculéenne. Le ventre rebondi par une alimentation rustique et riche faite du petit déjeuner jusqu'au souper de charcuterie, fromage et autres plats consistants de la région. Le tout arrosé au bon vin rouge et charpenté produit dans le nord de l'île. Comme l'ensemble de son physique, le visage d'Antò est carré et large. La peau est marquée de longs et profonds sillons creusés par le dur labeur de la terre et cuite par le soleil d'altitude. Les cheveux légèrement frisotants, châtains clairs presque blonds sont ébouriffés en permanence autour d'une calvitie proche de la tonsure des moines. La bouche aux lèvres fines est surmontée d'une grosse moustache broussailleuse tout autant viking que son ascendance, alors que le reste du visage porte une barbe de trois jours. Antò tient ce paradoxe d'offrir une mine à la fois dure, froide et fermée. Relativement impassible. Et un visage presque poupon. Un regard aux yeux clairs et écarquillés. Ourson. Un peu mal léché certes, mais touchant. Car son caractère était identique à celui de la plupart des gens d'ici. Peu bavard. Le silence s'était imprégné dans sa chair. Le silence suintait par tous les pores de sa peau. C'était plus fort que lui. Le silence, c'était son cri à lui. Ici on le cultivait. On le partageait même. Durant de grandes séances de non-dit collectif. Qui parfois se poursuivent des siècles.

De génération en génération. Le silence est une règle implicite. Au point qu'elle porte un nom dans cette société des hommes d'honneur. Mais on ne le prononce jamais. Omerta. C'est cela le terreau qui avait fait Antò. Parfois Antò donne aussi l'impression de prendre de haut. Un air enorgueilli. Un air rendu arrogant par la conscience d'être un privilégié de cette terre. Une attitude confiante mais anxieuse. Toujours à l'affut. Et même si Antò vivait depuis longtemps en solitaire, son sens de l'hospitalité était fort. Un sens de l'honneur inaltérable. Le lien aux siens et à la tradition à jamais encré, sous la peau. Tatoué dans les gènes insulaires. Dans les entrailles. Depuis toujours, Antò élevait ses bêtes. Quelques cochons aussi libres que lui pour la charcuterie. Des chèvres et brebis pour un fromage typique qu'aucune norme toute planétaire soit-elle ne soumettrait jamais. Et bien sûr des vaches en copropriété perdues sur les sentiers du maquis pour arrondir les fins de mois. En dehors de son activité de paysan, Antò avait deux autres passions. Dont il ne se passerait pour rien au monde. La première était son exutoire. Son défouloir. Antò disposait à la sortie du village d'une parcelle de terre qu'il cultivait en potager. Tomates, courgettes, oignons, blettes, aubergines, melons et surtout pommes de terre. Six mois de l'année, la récolte des pommes de terre était sa catharsis. Son rituel introspectif. Les préliminaires d'avant récolte étaient tout aussi importants que la récolte elle-même. Une préparation mentale. Enfiler son vieux pantalon de jogging noir usé aux genoux, et chausser l'une après l'autre ses bottes de caoutchouc motif camouflage. Descendre paisiblement à pied saisi de sa bèche depuis la bergerie jusqu'au village retrouver sa parcelle. Ce qu'il appréciait particulièrement au moment de la récolte, c'était de piquer la fourche dans ce sol meuble de terre noire et riche. En prenant soin de ne pas blesser les tubercules. Puis de faire ce mouvement de rotation pour soulever le tout et voir les pommes de terre s'extirper du sol en de grosses mottes généreuses. Une valse entrainante et sensuelle à laquelle il prenait un plaisir savoureux. Piquer, pousser, retourner… Piquer pousser, retourner… Piquer, pousser, retourner… Les mots tournaient en boucle dans son esprit. Plants après plants. Répétitifs. Langoureux. Connecté à sa glaise. Un moment à la fois de dépense physique mais surtout de haute concentration qui lui permettait d'évacuer tous les non-dits accumulés. Car ils étaient nombreux. Antò n'est pas du genre à se confier. Si ce n'était à ses bêtes et à cette terre nourricière à laquelle il dédiait pieusement sa vie.

La deuxième passion d'Antò est beaucoup moins terre à terre. Plus loufoque. Excentrique même. Son petit moment de folie douce quotidien. Son jeu d'enfant. Celui dont, lui seul a le secret, la paternité et la maitrise. Son fameux « golf pozzi ©» marque déposée. Pratiqué exclusivement sur le terrain chaotique de la bergerie. Au milieu des rochers et des trous d'eau. La règle du jeu est proche du golf classique puisqu'il s'agit d'envoyer la balle vers le drapeau rouge triangulaire que l'on a vicieusement positionné dans l'un des plus petits et inaccessibles pozzi. À une distance respectable du point de départ. La subtilité est que le point de départ est choisi d'une manière bien plus immorale que celui de l'arrivée. Généralement au milieu d'un champ de rochers. Faisant tourner la partie de golf en un vrai jeu de flipper. Il n'est pas rare d'ailleurs que la balle comme un boomerang revienne assommer l'envoyeur. Ce qui fait par-dessus tout exulter Antò, est de faire jouer les randonneurs de passage pour leur mettre la pâtée. Jubilatoire lorsqu'il s'agit de golfeurs expérimentés à la ville. Déstabilisés par ce terrain tellement hostile à ces pointus précieux venus des grandes terres aseptisées. L'inconvénient de cette pratique est la quantité de balles englouties par dame nature très friande de ces petits objets blancs et ronds. Antò pratique tous les soirs et tente à chaque fois d'embrigader Alesiu. Afin de lui montrer la mesure de son talent. Et même si ce n'est pas à son goût, ce sont les seuls rares moments durant lesquels Alesiu ressent un lien, un attachement familier à ce père qu'il sait adoptif.

Ainsi était réglée la vie d'Antò, comme sa tonsure, de manière monacale. Avec la précision d'une horloge Napoléonienne. L'heure du lever, le contenu du petit déjeuner, la lecture du journal après le caillage du lait, la sieste de 10h heure et celle de 14h, la descente au village pour un café, le temps au potager, la remontée vers la bergerie, la partie de golf pozzi, le souper, le coucher.

C'était donc aujourd'hui, après sa journée de garçon berger, la mission d'Alesiu que d'aller ravitailler le green sauvage et indomptable en balles alvéolées.

La journée commença avec la traite des chèvres dès le lever de 3h30. Comme tous les jours d'ailleurs. Alesiu ingurgita un café bien chaud et corsé. Pur jus de son île. Pour se ressusciter du voyage virtuel et aérien de la veille. Il avala une tranche de pain avec un peu de miel. Pour caler la colère du ventre jusqu'au milieu de la matinée.

Alesiu adore traire les bêtes en musique. En fait, il ne fait rien sans musique. La mélodie le nourrit. Il vibre avec elle. La musique le connecte encore plus à ses sensations. Elle le relie encore plus à ce monde. Comme rattacher à une source intarissable par un ombilic. Le remplissant d'une sève indispensable à sa survie de solitaire. Un instinct de survie presque animal. La musique est pour lui ce chant d'espoir. D'un champ des possibles infini à révéler.

Après avoir englouti son maigre banquet, enfourché son casque de walkman, Alesiu se dirigea vers la lucarne pour s'assurer du temps. Dans le ciel, un aigle déchira les nuages. La matinée s'annonçait mitigée. De ces jours qui se couvrent d'une chape dense et grise poussée par un vent chaud venu du sud. Un manteau de velours diaphane, laiteux, laissant passer une lumière pas tout à fait obscure mais d'une douce mélancolie. De ces journées, qui annoncent une transition. Un appel au calme dans un demi-chaos. L'air semblait chargé. Électrisé. Et Alesiu ce matin ne se levait pas parfaitement serein. Suspendu à son rêve. Le café pas suffisamment caféiné sans doute pour l'en extirper.

Après ce moment d'égarement, il finit par se ressaisir. Enfila ses habits sur son corps à demi nu et encore endormi. Récupéra sa besace dans laquelle il mit sa collation de 10h, son casse-croute du midi. Et récupéra son bâton de buis. Il alla s'installer dans l'étable où attendaient les chèvres. Assis sur son tabouret à trois pattes. Bancal comme ses pensées du matin. Il enchainât. Chèvre après chèvre. Pis après pis. Pot de lait après pot de lait. Valse répétitive. Instant redondant. Mais chaleureux. Le contact avec l'animal. Le lien instinctif. Affectif. Un rempart contre les mauvais esprits du village. Une compensation inestimable. Une compréhension palpable. Évidente. Sans besoin de langage précis. Sans jugement. Juste le regard.

Le contact. La chaleur et l'humidité du souffle. Une forme de reconnaissance simple et fluide. Alesiu était de cette trempe. Créature sauvage. Antò lui avait transmis cet amour-là avec les bêtes. A défaut de lui en avoir manifesté quelques signes. Et ce matin dans l'étable, tout comme le ciel, l'atmosphère était dense. Cannelle la jeune chevrette s'était isolé du groupe. Elle bêlait fragilement mais continuellement comme pour appeler un proche. Apeurée. Nerveuse. Inquiète. Cannelle s'apprêtait à mettre bas son premier chevreau. Alesiu lui prépara son petit nid au coin de l'étable. Pour l'isoler un peu du groupe sans trop l'éloigner. Il pailla le sol pour l'installer confortablement. Prépara de l'eau tiède dans une gamelle afin que la primipare s'hydrate bien et évite l'hypothermie durant son travail. Et un bon foin pour une collation de récupération après de durs efforts. Alesiu savait bien qu'il n'y avait rien à faire de plus pour l'animal. Que tout le reste se ferait naturellement. Que la chèvre qui donnait pour la première fois naissance savait déjà tout. Debout sur ses quatre pattes, très vite, la queue de Cannelle se releva pour ouvrir le chemin. La poche des eaux émergea à la sortie de la vulve et se rompit laissant le liquide jaunâtre s'échapper. Apparurent deux fines pattes sur lesquelles reposait une petite tête. Un chevreau prêt à plonger dans les méandres de la vie. Puis en moins de cinq minutes Cannelle expulsa son bébé. Le poil lustré de liquide amniotique et de perles de sang. Cannelle lécha son tout petit pour le nettoyer afin de pouvoir le présenter dignement au monde. Alesiu nomma le nouveau venu Ghost. Inspiré par ce jour à l'ambiance irréelle et spectrale. Après quelques minutes de repos, la jeune maman se laissa allaiter par ce glouton attiré par le les fines gouttes de lait qui suintaient des pis. Les deux êtres réunis se parlaient en aller-retour de petits bêlements. Le lien venait de s'établir. La maman et le bébé se reconnaitraient au son de leur voix. À leur odeur. À leurs léchouilles câlines. Aux petits coups de nez, de pattes et de cornes. Pour toujours. A jamais unis. Naissance. Reconnaissance. Premier contact. Sein maternel. Fusion. Lien de la mère et de l'enfant. Affection. Caresses. Gestes doux. Sécurité. Lien du sang. Tout cela résonnait dans l'esprit d'Alesiu. Il n'en était pas à son premier accouchement. Mais aujourd'hui plus que les autres fois, il le ramenait à sa propre condition. Il le bouleversa. Ce vide. Intense. Omniprésent. Cet inconnu. En suspens. Pourquoi ressentait-il un manque ? Ce moment pourtant magique lui ôta toute substance. Puisa toute son énergie. Les jambes se ramollirent. Le souffle se fit haletant. Une sorte d'agonie s'installait. L'impression de tomber dans ce vide. Un petit vélo dans la tête remoulinait toutes ses pensées amères. Alesiu se savait de cette terre. Mais d'où venait-il vraiment ? De quel ventre ? De quel amour était-il le fruit ?

Lentement, ses pensées finirent par dépasser le rêve. Le labeur quotidien sut le sortir de sa léthargie. Une fois la traite terminée, la jeune maman et le chevreau mis au chaud. Alesiu alla détacher le chien. Un Cursinu du nom de Django, fidèle compagnon des deux hommes. D'allure fière, robuste et puissante, adapté à ces montagnes. Le pelage typique noir strié de fauve. Django avait de la fougue malgré son âge avancé. Sa vivacité lui permettait de regrouper très rapidement les bêtes éparpillées dans la nature. Lorsque qu'Alesiu arriva à sa hauteur, Django attendait calmement posté sur son arrière train. Il savait que l'heure était à accomplir sa tâche. Alesiu dénoua le lien. Le fidèle compagnon réclama son dû de câlins et sa récompense du matin. À coup de petites morsures affectueuses, de frétillements intempestifs de la queue et d'aboiements légers. Alesiu offrit à Django les restes de gibier cuisinés la veille. Repus de ce rituel, les deux amis s'engagèrent vers la longue marche qui les attendait sur le sentier escarpé. Gravir ensemble le massif. Côte à côte. Le chien et son maitre. L'homme et l'animal. Fidèles dans le dévouement. Vers les hauts plateaux luxuriants. Où les brebis s'adonnaient à paitre joyeusement. Dispersées. Une fois arrivé, Alesiu lança Django à leur trousse. De son galop souple et vif, grâce à ses membres fortement musclés, Django rattrapa très vite chacun des attroupements perdus aux quatre coins du verger.

Un balai incessant qui demande une grosse matinée avant de pouvoir redescendre le troupeau de presque 200 brebis à la bergerie. Alesiu fit le point sur les bêtes afin de marquer celles qu'il fallait sortir du troupeau. Celles qui ne seront pas en conditions de donner suffisamment de lait pour la future saison. Réformer. C'est ce qu'il considérait le plus ingrat. Mettre des bêtes de côté pour les destiner à la consommation. Alesiu aimait ses bêtes. Si rustiques. Si typiques. Cette variété endémique taillée dans le vif insulaire. Dans la rudesse du maquis et des montagnes. De petite taille, mais excellentes grimpeuses. Peu productrices, mais d'un lait riche et savoureux. Parfumé. Donnant cette essence si particulière pour concevoir aussi bien des fromages frais onctueux que des tomes odorantes et fruitées. C'est Antò qui se chargeait de la transformation. Et ensuite de la vente au marché du village et aux quelques revendeurs qui suffisaient à écouler la totalité de la production pour nourrir la maisonnée. L'ensemble du troupeau réuni, chacun se posa pour le casse-croute du midi. Alesiu son pain, fromage et coppa, Django un os à ronger. Pour la suite des festivités, les deux compagnons n'étaient pas de trop pour canaliser les brebis. Django, de son jappement, rabattait les bêtes sur le flanc droit alors qu'Alesiu utilisait son bâton et d'étranges onomatopées pour le flanc gauche. Moment de grande complicité, de confiance. Chacun anticipant pour l'autre le mouvement du troupeau. Cette cavalcade bouillonnante et bêlante s'avançait dans un galop vrombissant et poussiéreux. Mais filait droit jusqu'à la bergerie. La force de la synergie entre Alesiu et Django. Ce rapport n'avait pas son pareil entre Alesiu et les autres adolescents. Mais c'était ça la vie d'Alesiu depuis son plus jeune âge. Django et lui avait grandi ensemble. Ils étaient frères de rang. Bergers sauvages. Confineurs de troupeau. Elevés dans le même bain méditerranéen. Tout était fluide entre eux. Pas de jugement. Instincts purs. Instant sans fissures. Plénitude sans amertume. Django était arrivé dans sa vie alors qu'Alesiu avait 10 ans. Et ce nom était apparu comme une évidence. En référence au grand Django Reinhardt. Cette musique lui parlait. Résonnait comme quelque chose de profondément ancrée. Il avait attribué ce nom à son fidèle compagnon pour préserver ce qui lui semblait un lien spirituel authentique. Criant de vérité. Grace à ce lien Alesiu finissait par oublier les douloureuses conséquences de ce rêve qui le hantait depuis l'enfance. Par ce lien fraternel établi avec cet animal qui était plus que de compagnie. Par ce lien avec sa journée de travail passée en contact avec son être profond. La résonnance des montagnes. La vibration de la nature sauvage. L'accord parfait.

Après finalement deux longues heures de descente, ils finirent par regagner la bergerie où Antò les attendait pour confiner le troupeau dans son enclos. Il fallait maintenant garder les bêtes en bas car le froid et les premières neiges allaient arriver assez rapidement.

- Oh Alesiu ! Comu Sé ? Tu as pu toutes les ramener ? On va sortir celles que tu as marquées pour les vendre. Et après ça tu n'oublies pas ma commande au village. Ça fait une semaine que je n'ai pas tapé la balle. Je vais finir par perdre la main. Ah ah ah » s'esclaffât-il.

- Toutes Antò. Es-tu certain de vouloir te séparer de Charlotte et Titine ? Elles n'étaient pas si mauvaises.

- Je les aime nos bêtes mais on n'est pas là pour faire du sentiment. L'an dernier la production a été mauvaise parce que tu as voulu garder trop de petites laitières en me les cachant alors cette année je refais moi-même le tour. Et n'oublie pas mes balles de golf.

- Je comprends nous sommes bergers mais aussi artisans. C'est le prix de la tradition. Je te laisse donc finir ici je descends au village. Et ce soir c'est moi qui te met une raclée au golf, j'ai une forme olympique.

- *Pow pow pow. À ce qu'il parait ! Une fois en dix ans tu m'as battu. Alors ce soir ça m'étonnerait. Aller, au travail.*

Le travail. Antò aimait ce mot. Avec nonchalance. « *Le travail ça se fait au rythme que nous impose notre nature.* » Disait-il. « *Il faut se laisser guider par elle et ne pas résister. Oh ! Sinon tu te fais une ligature du cerveau !* ». Et pourtant Antò donnais beaucoup. Sans compter. À un rythme peu soutenu mais constant. Entrecoupé de deux siestes quotidiennes. Celle de 10h et celle de 14h. Il ne s'accordait aucunes vacances. Depuis toujours. Antò n'était ni un grand bavard ni un intellectuel. Il était quelqu'un de simple. Il vivait dans l'instant. Sans questionnement, ni remise en question. Il avait connu l'amour avec Mattea, durant 4 ans. Elle avait géré l'enfant, unique source de joie. Mais avait fini par ne plus s'accommoder du caractère trop rustique d'Antò. Pour qui la relation amoureuse était plus de l'ordre du lien pour tenir compagnie qu'un véritable engagement. Il avait du coup fait une totale abstraction du besoin affectif pour vivre comme une sorte d'ermite du sentiment. Ou plutôt handicapé de l'émotionnel. Il était incapable d'exprimer la moindre émotion mis à part l'enthousiasme pour son jeu fétiche. Alesiu s'était donc construit sans ce besoin. Ou plutôt, s'était accommodé de ne pas recevoir de marques d'affection.

Avec bienveillance pour le plaisir d'Antò, Alesiu fit le parcours qu'il avait fait quotidiennement pour rejoindre l'école. Mais il ne le pratiquait plus guère. Car le village ne l'accueillait pas volontiers. Cela ne le contrariait pas plus que ça. Le laissait pratiquement indifférent. Il y faisait ce qu'il avait à y faire sans attendre quoi que ce soit. Ce village. Si pittoresque. Sa configuration profondément liée à son histoire montrait de manière évidente son paradoxe. Le village se situait sur un coteau dominant la mer à flanc de roche. Observant l'horizon pour mieux se préserver de l'arrivée d'éventuels assaillants venus par bateau. Les diverses influences historiques avaient laissé des traces qui se remarquaient par les deux églises se faisant face. Deux églises aux cultes religieux opposés. L'une latine d'un orange rayonnant, l'autre orthodoxe d'une blancheur immaculée. Comme si deux clans s'affrontaient en permanence. Comme si deux familles se heurtaient l'une à l'autre depuis des générations. Comme si un conflit maintenait dans ce village une tension permanente. Cela n'était bien sûr que la perception qu'Alesiu en avait. Ce village finissait par l'angoisser. Ici cela faisait bien longtemps que ces deux univers spirituels cohabitaient. Et ce qui peut parfois opposer deux clans dans un village est d'ordre bien souvent plus futile.

En arrivant, à la sortie du sentier venant de la bergerie, on se retrouve en contrebas des deux églises qui se font face au sommet de leur colline. Formant un sanctuaire obligatoire. Imposant. Intimidant. Qui questionne le passant sur la raison de sa venue. Le sentier caillouteux se termine perpendiculairement à une petite ruelle montante et pavée. Une ruelle si bien orientée vers le sud que le soleil écrasant de l'été s'abat sur les nuques comme un coup de massue. Ajoutant à la rudesse de la pente, la lourdeur plombante de l'astre omniprésent. La ruelle finit par s'engouffrer entre de hautes maisons qui apportent un brin de fraicheur.

De là, on pénétrait enfin le cœur du village…

Avant d'arriver devant le Bar des Sports, Alesiu tomba nez à nez avec un personnage qui, par ses élucubrations, lui donnait à réfléchir depuis sa toute petite enfance. Il y eut sur cette île une tradition ancestrale qui, malgré le fait qu'elle ne perdurait plus depuis fort longtemps, avait laissé des séquelles encore marquées en ce milieu des années 90. Afin de préserver les terres et le patrimoine familial au sein du clan, on n'hésitait pas à marier les cousins entre eux. Ce qui avait pour conséquence d'engendrer parfois des descendances quelque peu désaxées. Si bien que chaque village dispose encore à ce jour de ce qu'on peut appeler son personnage original. Son fou. Son idiot du village. Son simplet. Un personnage redouté. Refoulé.

Mais qui met de la couleur, de la saveur au cœur d'une vie monotone. Égayant un peu les groupes d'anciens et les quelques aigris attablés à la terrasse de leur café attitré depuis des lustres. Le fou du village. Ici, on l'a surnommé Johnny Guitare. Chaque fou à son pseudonyme. Selon l'apparence. Selon la particularité verbale. La gestuelle. Et Johnny Guitare possède toutes ces spécificités. Il a le visage de Robert De Niro. Les sourcils noirs, épais et droits, retombent vers l'œil à chaque extrémité. Ils encadrent une ride centrale profondément marquée par les soucis permanents. Les yeux marrons en amande presque bridés et légèrement tombants sont extrêmement rapprochés. Souffrants d'un léger strabisme. Ils lui donnent un aspect de chien battu. À la fois craintif, mais réactif. Prêt à dégénérer au moindre signe inquiétant. Le nez est petit et bien droit. Encerclé par deux sillons qui relèvent les pommettes en deux bajoues tombantes. Une bouche aux lèvres fines. La lèvre supérieure retroussée vers le haut, alors que la lèvre inférieure l'est vers le bas donnant à sa bouche un air de traviole. Les commissures sont accentuées par des marques tendues vers le sol donnant au visage un aspect de smiley triste. Le menton arrondi est remonté par une tension palpable. Tout le visage est crispé et semble vouloir se concentrer en un point. L'aspect de l'ensemble est inquiété et inquiétant. Johnny Guitare est tous les jours rasé de frais. Les joues souvent striées de microcoupures contenues par de petites bandes de sparadrap hémostatique rougies. Le corps est tout aussi déconcertant que la tête. Longiligne. Sec. Chaque muscle est parfaitement dessiné. Hyper tendineux. Veineux. Copie conforme du corps d'Iggy Pop. Mais, ce qui lui a valu son surnom, c'est essentiellement l'aspect cadencé de sa gestuelle. De sa démarche. Le mouvement du corps est celui d'un Joe Cocker post-cocaïné en plein « With a little help from my friends » à Woodstock. À la fois crispé, démantibulé. Contracté mais élastique. Avec un mouvement permanent de balancier des bras et de pianotage incontrôlé des doigts. Un « Air Guitar » perpétuel. La démarche est saccadée et claudicante. La jambe gauche plus courte réalisant un demi pas lorsque la droite en fait deux. Johnny Guitare a l'allure d'un clown triste surexcité. Un paradoxe effrayant qui empêche de savoir à quoi s'attendre à son contact. À cela s'ajoute un syndrome très prononcé *agile de la tourmente*. Des tics moteurs associés à des vocalisations brutales, soudaines et agressives. Des noms d'oiseaux, de fruits et légumes, et autres invectives. Lancés à l'égard de la rue, du vent, et d'ennemis imaginaires. Johnny Guitare passe son temps à déambuler dans le village à la recherche de son instrument virtuel. Parfois, de manière totalement aléatoire, sa course folle marque des arrêts devant les bistrots pour entamer des conversations décousues, incohérentes avec les paisanu encore plus détraqués que lui d'avoir débuté leur biture dès le début de la matinée. Des discussions d'une autre dimension. Entre les marmonnages imbibés d'alcool des uns et les phrases bégayantes sans pauses ni inspiration de Johnny Guitare.

_ « *Oh Johnny ! Ba bè ? Alors tu as trouvé une femme aujourd'hui ?* »

_ «EEUEU ! Tièfou-ouquoi. Jesaispasouçasetrouve mmeu mmeumeu moi unefemme. »

_ « *Tiens, bois un pastaga ça va te montrer le chemin* »

_ « *Le dodo le dodoc le docteur disquejaipasledroit de boirelepastaga. M'emmerdepas putainconchier trouduc bananetêtedecourge…* »

Ici tous les villageois n'ont d'autre activité que de le titiller. De le provoquer. De le pousser dans ses retranchements. Juste pour mettre l'animation dont eux sont totalement incapables. Aucun n'envisageait la possibilité d'une discussion normale et sensée. Sans même avoir essayé. Sans même l'avoir imaginé un instant.

Alesiu, depuis petit, croisait Johnny Guitare chaque semaine. Chaque mardi. Le soir après l'école. La cloche retentissait. Et ces soirs-là, il savait qu'il le rencontrerait. Encore. Au détour d'une ruelle. Comme un hasard programmé. À chaque fois il avait droit à la même litanie. Et ce moment, cette rencontre entre lui et Johnny Guitare ne sonnait pas de la même façon qu'avec les autres. Comme si un lien particulier se créait. Comme si la vie avait donné pour mission à Johnny d'être porteur d'un message adressé à Alesiu. Comme si une charge divine lui avait donné pour mission d'être son facteur de prophétie particulier. Face à l'adolescent, le comportement marginal évoluait brutalement. Se transformait. En un état de transe. De prédication. Les mouvements saccadés et désordonnés disparaissaient. La posture en zig zag se redressait. Le visage perdait son masque de congestions. Le phrasé devenait fluide. Le regard posé et hypnotique. Les mots parfaitement audibles. La voix initialement rauque et caverneuse prenait une tessiture douce et lisse. Et sur un ton monocorde, Johnny, droit dans les yeux d'Alesiu, projetait son message.

- *Un jour tu traverseras montagnes et rivières. Un jour tu iras par-delà cette mer. Défier les dieux et les créatures avides de ce monde. Pour aller à la conquête de l'inconscient et de tes pensées vagabondes. Un jour, tu te déchargeras de ce fardeau immonde que d'autres t'ont laissé. Et enfin. Enfin tu sauras qui tu es !*

L'invocation n'était pas systématiquement la même. Elle évoluait au gré des rencontres. Se complétait. Se reformulait. Se faisait bienveillante. Pressante. Charmeuse ou agressive. Chantante ou dansante. Joyeuse ou triste. Grave et solennelle. Légère et furtive. En fonction de l'humeur du jour, et selon le ressenti d'Alesiu. Elle le laissait dans un questionnement perplexe. Complexe. Tant cela allait chercher dans des compartiments de son âme tenus secrets. Incantations effrayantes. Réveillant ce trou noir au milieu de la poitrine.

Et en ce jour où Alesiu s'était réveillé tendu, en compagnie du survol d'un aigle lorsqu'il avait contemplé le temps à travers la fenêtre de la bergerie, il sentait qu'une nouvelle étape allait se jouer. Il ne revenait pas souvent au village depuis qu'il avait quitté l'école. Mais cette fois il en était convaincu. Il croiserait le chemin de l'oracle.

En entrant dans le village. Alesiu arriva d'abord au magasin faisant l'angle entre la ruelle montante et la rue principale. La boulangerie de la « Vieille Saveria ». La maison était faite de pierre grise avec devanture rustique en bois. Un vieil écriteau surmontant la boutique, grisonnant et défraichi, indiquait « *ici pain au feu de bois et finuchetti maison* ». Les finuchetti, Bretzel méditerranéens fins comme des ficelles, en forme de huit, garnis de grains d'anis. En face de la porte d'entrée se trouvait le vieux comptoir vitré contenant quelques variétés de viennoiseries. Les finuchetti mis en vrac dans un panier de rotin posé sur le comptoir à côté d'une vieille caisse enregistreuse déglinguée dont le tiroir à monnaie ne fermait plus. Et, à l'arrière, des rayonnages contenant trois variétés de pain. L'ensemble du magasin était saupoudré de farine tout comme la tenancière elle-même. À cet instant, Vieille Saveria était justement sur le pas de sa porte en train de discuter avec un groupe de femmes au physique sec et aigri par des siècles de médisance. Des femmes vêtues de longues robes noires austères. Pas plus modernes que la devanture. À leur approche, Alesiu leur envoya un sourire en guise de bonjour. Ce qui mit fin au commérage et à toutes conversations d'ailleurs. Un silence de mort. Hurlant et glaçant. On n'entendait plus que les cloches des deux chapelles qui, elles aussi, tentaient d'étouffer leur ding dong. Le groupe de mégères de plus de cinquante ans sans dents regardait Alesiu du coin de l'œil par-dessus des épaules décharnées. « *De vieilles stregue** » *(sorcières)* pensa-t-il intérieurement. « *Mieux vaut passer mon chemin plutôt que de tenter de nouer à tout prix un lien, c'est peine perdue. Pour elles je ne suis plus rien. Pour tout ce village sans doute* ». Une fois passé, Alesiu pu discerner les chuchotements reprendre à son égard.

* *Sorcières*

- Ce petit ! Il a l'Ochju*. Signez-vous les filles. Que cela ne retombe pas sur vos familles ! Dit Vieille Saveria à ses acolytes. Et chacune embrassa la main de corail rouge au bout de la chaine d'argent entourant leur frêle cou de vipères.

Pourquoi se signer avant d'avoir vu le diable ? Comment celle qui l'avait tant choyé toute son enfance en était arrivée là ? Après tous ces pains au chocolat offerts ? Toutes ces douces et rassurantes paroles ? Tous ces baisers maternels sur le front ? Toutes ces mains passées dans sa belle chevelure ondulée ? C'est Vieille Saveria aussi qui lui avait donné le goût de lire. Elle lui remettait chaque semaine un livre de sa bibliothèque bien mieux garnie que son échoppe. Ce qui avait entrainé ce revirement ? L'influence de toute la communauté certainement. On a beau avoir du caractère, difficile de penser différemment si l'on souhaite faire partie du clan. Sauf à former son propre cercle. Et la vieille veuve avait sans doute dû se résigner à choisir. Elle n'avait plus la force de lutter pour sa liberté. Elle était seule. Désabusée. Epuisée par la vie. Alors elle avait préféré se laisser enfariner par la coutume. Même s'il ne conservait pas de rancœur de ce retournement, Alesiu nourrissait inconsciemment une certaine colère contre la bêtise humaine. Contre ce qui

* *Avoir le mauvais œil*

lui paraissait une forme de faiblesse. Se rabaisser à la pensée unique juste pour un besoin d'appartenance.

-Et moi à quoi est-ce que j'appartiens ? Je me suis fait seul, je n'ai besoin de personne.

Engagé sur l'artère principale du village, Alesiu continua son chemin pour gagner la boutique de Toussaint où attendait la commande d'Antò. La rue est vallonnée. Jalonnée. Çà et là. De bars, de cafés. De cafés et de bars. Où s'enchainent habitudes et habitués. Où l'on refait ciel et terre entre montagne et mer. Où l'on bat plus la carte que la discute. Même si parfois les parties de cartes engendre la dispute. Et que l'on se bat pour ne pas perdre sa face de pique, au risque de se faire mettre la tête au carreau par un mauvais perdant de passage. Belote et rebelote. Même cinéma au café suivant. Alors qu'à celui d'en face on matte les fesses des quelques très rares jeunes passantes. Bien qu'on s'intéresse plus au parechoc du dernier coupé-cabriolet à la mode. Entre les bistrots. De trop. Quelques boutiques qui ouvrent tard et ferment tôt. De vêtements ringards. Ou d'aliments blafards. De médicaments hallucinatoires. Ou de miteux costards. Et autres enfumoirs à touristes pour quelques souvenirs à laisser en mémoire. Sur la place ronde du village le tabac/presse que l'on presse pour un paquet de cigarettes sans filtre. Le journal des sports et le résultat du loto. Ou pour les touristes. Que l'on ne calcule pas. Bien qu'on les voit venir de loin avec leur chaussettes-tongs et leur bob Ricard. Quelques cartes postales jaunies comme les sourires de la caissière à leur passage. La place est ombragée par un titanesque phytolacca dioica aux racines tentaculaires et éléphantesques sous lequel on vient prendre la fraicheur en été ou s'abriter de la pluie en hiver. Les boules de pétanques jonchent le sol par paquets sur un terrain chaotique. Les joueurs vites dissuadés par le poids immense de la défaite publique mais aussi par celui de l'acier des boules devenues trop fatiguant à propulser après tout juste deux ou trois manches. Alesiu avançait, sereinement. Sachant pertinemment que personne ne viendrait taper la causette avec lui. Et les réactions étaient à chaque fois les mêmes au fur et à mesure de sa progression. Tous les jeux de cartes se rabattaient. Tous les coudes levés au comptoir se rabaissaient. Tous les regards posés sur les paires de fesses se détournaient. Alesiu se sentait comme un spectre épié. Des pieds à la tête. Scruté mais ignoré. Dans la rue, plus que de l'arrogance, c'est un malaise qui s'installait. Un mal être. Qui alimentait sa colère. Nourrissait sa soif de vendetta contre l'existence. La mâchoire et les poings serrés. Il continuait quand même d'avancer.

- Qu'ont-ils contre moi ? A m'exclure ! N'ai-je pas suffisamment donné à cette terre ? Moi qui suis sans père ni mère !

Soudainement, à l'aboutissement de la place. Surgit de nulle part. Johnny Guitare. Nez à nez. Stoppé net. Alesiu ne put esquiver. Sans plus esquisser un seul geste parasite, Johnny le fixa droit dans les yeux un long moment. Il semblait lire dans son âme. Tout chez le fou se figeât. Les gestes. Le regard. Les mots.

- Bientôt tu seras face au miroir. Tu y verras des tiroirs. Des portes. Derrières lesquelles tu pourras t'apercevoir. Mais les clefs sont ailleurs. La colère du village et des cieux te poussera à aller les chercher ! Il te faut les clefs.

- Johnny est ce que je peux te poser une question ? Ça fait plus de douze ans que nous nous croisons. Furtivement. Au détour d'un chemin. Et à chaque fois il y a quelque chose qui me fait sentir qu'en fait je m'y attends. Il y a quelque chose qui nous relie mais je ne sais pas dire quoi. Toutes ces phrases que tu me livres. Au début elles me faisaient peurs. Surtout quand je n'avais pas encore dix ans. Maintenant elles ne m'inquiètent plus. Elles m'intriguent. Je ne les comprends pas. Et pourtant. Tes incantations me semblent familières. Dis-moi Johnny. D'où les tiens-tu ?

- L'important n'est pas d'où cela vient. Mais où cela va te mener. Suis ton instinct. Ne fais pas cas de ce que l'on pense ici au village. Ici je suis le fou. Ou là le prophète. Que choisis-tu ? Change de ciel et tu changeras d'étoile

- J'avoue que c'est sans doute la première fois que j'ai une conversation sensée ici. Ce n'est pas très clair pour moi. La teneur de tes propos. Mais j'aime la couleur qu'ils donnent à mes journées.

- Merde, chier. Trouduc. Vamoucherteschèvres. Poupou poupou pourquoi vous m'agressez. Ma maman dit feu...feu...fopas agresser. Merde, chier. Trouduc...

Et comme il était arrivé, Johnny était retourné. Des gestes déments. Schizophréniques. Incontrôlés. Des mots exorbitants. Lancés en orbite. Démarche bancale. Cadence pas banale. L'idiot revenu à son statut d'anormal. Le fou lâché en liberté. Sans garde-fou. Alesiu avait l'habitude. Sans se retourner, il reprit la direction de la boutique de Toussaint. Il ne se sentait plus l'envie de trainer dans les environs. Il ressentait soudain le besoin d'aller se ressourcer sur son rocher. Pour digérer ce qu'il venait d'entendre. Le décortiquer. L'analyser. Le comprendre. Et seul son lieu de recueillement pouvait lui permettre le niveau de quiétude intérieure nécessaire. Pour prendre du recul. C'est ce qu'il fera après la course pour Antò.

Après la traversée interminable du village, Alesiu atteignit enfin l'épicerie de Toussaint. On trouve de tout chez Toussaint. En fait, on trouve avant tout les excellents produits de l'île. Charcuterie, formage, vin et autres produits de manufacture locale. Ici c'est d'abord et avant tout la qualité. Les produits sont sélectionnés auprès des petits producteurs comme Antò et Alesiu. Et Toussaint respecte le choix de la tradition artisanale plus que la tradition des codes d'honneurs. C'est ce qui fait que rien ni personne ne le fera défaillir du lien qu'il entretien avec Alesiu. Son lieu est devenu une étape incontournable créant un certain nombre de jalousie dans le village. Et ici, la jalousie peut souvent conduire au pire. Mais Toussaint bénéficie d'une protection inébranlable. Inestimable. L'amour et la passion de perpétuer la mémoire et les pratiques des anciens. Toussaint est un petit bonhomme fin et sec comme le sont les beaux jambons et belles saucisses qui pendent alignés presque militairement dans tout le magasin. Sa petite moustache finement taillée et ses petites lunettes rondes sur le bout du nez le rendent attachant. Tout autant que son accent chantant bon la fleur de sel et à la douce saveur du fromage de chèvre frais. Son débit de parole est si rapide que sa moustache oscille plus vite que ses lèvres pour anticiper les phrases. Sa boutique est lumineuse. Chaleureuse. Habillée d'un vert olive caressant. Chaque client qui entre est accueilli dans un écrin de « Benvenuti, cumu va ! À votre bon plaisir, qu'est-ce que je peux vous faire déguster ». Dans des récits racontant l'histoire des paysans qui sont représentés dans sa maison. Toussaint a l'art de tout tourner à la dérision lorsque la plupart du temps les gens sont pessimistes. Il aime la légèreté. Et même s'il aime à dire, comme tous ici, que c'est son île, et qu'elle est celle de son peuple, il a su préserver une grande humilité, voulant partager plutôt que de dénigrer l'étranger.

- *Oh Alesiu Cumu va ! Tu viens pour la commande spéciale d'Antò. Tu lui diras à Antò qu'il va finir par me faire devenir chèvre avec ça. Oh elle est bonne celle-là non ?*

- *Tu imagines où j'en suis moi avec ça ! Surtout après l'été et tous les randonneurs qu'il a affrontés. Il ne reste plus aucune balle. C'est un gouffre le golf pozzi.*

- *Eh ! Je lui ai dit, moi, à Antò de mettre une caisse pour que celui qui perd une balle la paie. Il m'a dit que c'était un jeu pas un business. Bientôt vous allez finir par manger des balles de golf ah aha ah !*

- *Tu as raison. Je ne sais pas s'il se passerait plus facilement de la nourriture ou de son jeu fétiche. ? En tout cas l'absence de l'un des deux le rendrait fou.*

-Qu'est-ce qu'il te voulait Johnny ! J'ai vu à travers la vitrine qu'il t'a abordé. Et son comportement était bizarre. Pas comme d'habitude. Méfie-toi ! Ce qu'il raconte. C'est de la folie. C'est un conseil d'ami que je te donne.

- Je ne te l'ai jamais dit ? Mais depuis que j'ai 5 ans il m'intercepte dans la rue. Sorti de nulle part. Et me parle. Comme nous nous parlons. Je ne l'ai jamais vu agir comme ça avec d'autres. Est-ce qu'il est si fou que ça en a l'air ?

- Écoute petit. Johnny Guitare, pauvre de lui, est né prématuré. Avec le cordon autour du cou. Et ses arrières grands-parents étaient cousins germains. Il a tout pris. Alors encore une fois, un conseil. Évite de te laisser parasiter par ce qu'il te dit.

- Ce qu'il me dit est peut-être de loin la chose la plus sensée que l'on m'ait dite au village. Car ici on ne me dit plus rien ! Au début cela me rendait triste. Je ne me sentais pas à ma place. Je ne me sens toujours pas à ma place. Mais tous ces gens aujourd'hui me font pitié. Ils sont médiocres. Passent leur temps au café. À jouer aux cartes. À se retrouver pour une partie de chasse. Ou attendent patiemment que la famille venue de la ville vienne passer le week-end au village. Juste pour contempler le feu de la cheminée de la maison. Pour aller *couper le bois en forêt avec l'oncle et le cousin. Ou se gaver de charcuterie, de pulenta et de fiado de la grand-mère. Histoire de perpétuer un sentiment d'appartenance. Alors qu'aujourd'hui ils ne se nourrissent plus que de télé, de jeux vidéo et ne savent même plus parler la langue de leurs aïeux. On veut donner le sentiment que l'on est soudé. Mais la première occasion est bonne pour épier le voisin. Le jalouser. Le dénigrer. Jusqu'à l'éliminer s'il le faut pour se sentir valorisé. Finalement tous ces gens sont lâches ! Ils m'excluent sans jamais en évoquer la raison. Quelle ingratitude. Alors que je suis d'ici. De cette terre sauvage. Que je préserve. Dont j'essaye de perpétuer la mémoire. Ont-ils oublié tout cela ?*

- Oh Alesiu ! Je comprends ta colère. Mais les gens sont comme ça ici. Dis-toi que c'est peut-être pour ton bien. Des fois, il vaut mieux ne pas chercher à comprendre. Quand l'œil ne voit pas, le cœur ne souffre pas !

- Et toi Toussaint. Que sais-tu de moi ? De mon histoire ?

- Ah moi tu sais, j'ai pour habitude de ne pas voir ce qui ne me concerne pas. C'est vrai que je t'ai connu petit. Et crois-moi tu ne gagnerais rien à tout vouloir savoir. Tiens. Voilà les balles de golf pour Antò. Dis-lui que je vais monter bientôt pour faire une partie avec lui. A dopu* Alesiu.

* A bientôt

- Je lui passerai le message. Tu as peut-être raison. Merci Toussaint pour tes conseils et ta commande spéciale.

Trop de mots pour tant de maux. Les idées confuses tournaient en boucle dans sa tête. Tout comme les paroles qui ressemblent à autant de non-dits. Johnny, Toussaint. Toussaint, Johnny. Trop de mots pour du vide. Ce vide au milieu de sa poitrine. Ce trou noir béant. Plus Alesiu s'exposait aux gens du village, plus ce sentiment de solitude l'emplissait. Désir de tout détruire. La mâchoire et les poings serrés. Chaque fibre de son corps électrisé. Sur le point de basculer de l'autre côté. Les cordes vocales tendues prêtent à cracher un larsen saturé de haine. Plus la peine. Trop tard. Tout est joué.

Le rocher. Pourquoi ne pas sauter. Dans ce vide. Plus rien pour se raccrocher. Juste en contrebas la mer. Noyer ses pensées. Diluer toutes ces questions pour toujours. A jamais disséminées dans les abysses de la méditerranée. Les clefs. Trouver les clefs au fond. Des clefs qui n'ouvrent peut-être sur rien ? Ou bien rester lesté, accroché à des coffres forts condamnés. Chargés de trop lourds secrets. Dans les deux cas. Une seule et même alternative possible. Rester ? Pour quoi ? Pour qui ? Pas d'autre issue. Sauter. Stopper ces sombres pensées. Sauter. Pour ne plus subir l'inconnu. Sauter. La mort est bel et bien un mouvement. Vers une autre place. Un mouvement vers le néant.

Alesiu emprunta à la sortie du village le sentier longeant le littoral vers le nord. La musique de son walkman branchée dans ses oreilles diffusait un Hallelujah presque prémonitoire. Celui de la voix de Jeff Buckley. Une voix d'Ange noir. D'enfant déchu. Une voix mélancolique rendant limpide chaque mot. Portant un message intemporel et universel. Une voix rehaussée d'une mélodie en lien avec les sensations délivrées par le texte d'un néo romantisme triste. Un son prémonitoire puisque quelques années plus tard Jeff Buckley sombrera dans les eaux troubles du Mississipi.

Le chemin du littoral remonte le long de parois granitiques qui passent rapidement du marron au rouge. Il faut passer quatre anses de sable fin et de roches ciselées émergeant de l'eau. On se retrouve ensuite sur un sentier surplombant la mer cheminant sur un éperon de roche granitique rouge. Ce bras de montagne ouvre sur la vue époustouflante d'un vaste golfe aux eaux prodigieuses. Au bout de la presqu'île, une tour ronde crénelée. En lévitation. Suspendue dans le vide. Au-dessus d'une falaise verticale. Apesanteur. Suspens. Et dans le prolongement, à l'extrémité du cap, le triangle de granite rouge. Le promontoire d'Alesiu. C'est de là qu'il prendrait définitivement son envol. L'ultime. Pour que le rêve de chaque soir se perde dans l'éternité. Ouvrir ses ailes et se jeter dans le vide. Ne plus lutter. Arrivé au bord de la falaise, Alesiu se figea. Debout.

Immobile. À contempler l'horizon. Le vent s'engouffra dans sa chevelure aux reflets d'or. Caressant son visage et fouettant sa tunique de berger qui claquait au vent comme les voiles d'un navire en perdition contre leur mat. Alesiu étendit ses bras. Laissa glisser l'air entre ses doigts pour mieux le saisir. Le souffle des rafales créait dans ses oreilles un sifflement harmonieux et continu. Une musique enveloppante. L'odeur ambrée du maquis qui lui parvenait, flattant ses narines, laissait pénétrer un air frais et vivifiant. Le sel des embruns appliquait sur ses lèvres charnues un philtre épicé. La nature remettait tous ses sens en éveil. Le rappelait à elle. Alesiu avança. Un premier pas. Profonde inspiration. Puis un second. Profonde inspiration. Le troisième létal. Le pied glissa sur le fil de la roche vers le gouffre et dans un mugissement surnaturel, une brusque et puissante rafale le fit pivoter et le projeta à terre. Les deux mains au sol. Campé sur ses genoux. Alesiu lâcha un long cri de toute sa rage face à ce presque divin qui avait vidé son sac aux vents mauvais. Pour lui signifier de retourner d'où il venait. Les deux mains dans la poussière. Le visage face contre terre. Alesiu vida son sac de larmes. Des larmes acides s'écrasèrent sur le sol aride. Des larmes si chargées que la terre et la roche fondirent sous leur flot dans un nuage de fumée au goût soufré. Il n'avait jamais pleuré. Pas même enfant il ne se l'était autorisé. Après avoir repris son souffle, ses esprits, il s'installa sur son socle.

En chien de fusil. Extirpa de l'unique poche de sa tunique la boite de sollutricine précieusement conservée. Souleva le couvercle rouillé pour y découvrir le visage de douceur féminine qui lui avait fait défaut toutes ces années. Il l'avait tellement contemplé. Et bien que la photo soit légèrement floue, il en connaissait chaque détail. Une chevelure noire raide et très dense, tombant sur le côté jusque sous la poitrine et derrière au milieu du dos. Un visage fin. Deux grands yeux noirs en amande surmontés de fins sourcils expressifs. Un nez fin, à l'arrête imparfaitement droite. Un sourire, aux lèvres fines, accentué par de belles pommettes bombées. Révélant des dents d'une fraiche blancheur avec deux petites incisives de côté légèrement en avant. Un visage sans perfection, révélant un charme d'ailleurs. Et un tempérament marqué. Un corps tout en longueur et finesse tel celui d'une danseuse ballerine. Une silhouette frêle tout de même ornée de formes gourmandes et fermes. Des seins comme deux petites pommes mis en volume par un push up et un joli postérieur bien arrondi qui se prolonge en deux longues jambes interminables. On devine sous la belle robe noire de gala à paillette une morphologie de petite fille fragile. Une sensation d'un besoin d'être surprotégé se dégage du cliché. Une hypersensibilité affirmée. Sur la photo, la jeune fille semble avoir à peine plus d'une vingtaine d'année bien que cela soit difficile à distinguer.

À cette époque, était-elle déjà femme ? Était-elle déjà amoureuse ? Était-elle déjà maman ? Sa maman. Comment savoir sans faire autrement que faire confiance à Antò ? C'est lui qui lui avait remis la photo. Alors qu'Alesiu revenait du village et l'avait rejoint vers son jardin potager. Entre deux retournements de patates, Antò avait considéré qu'à dix ans Alesiu était capable d'encaisser le coup. Alors il lui avait remis cette boite de métal émoussé. Ce couteau avec sa lame en damas parfaitement aiguisée et son manche en corne de bélier.

« Voilà ce que je dois te transmettre. Tu deviens petit à petit un homme. Alors il y a des choses que je peux te dire. Ces objets appartenaient à ton père. Ce couteau est transmis dans la famille de génération en génération. Son père, ton grand père le lui avait remis. Tout comme il aurait dû te le remettre à toi. Et cette boite contient la photo qu'il conservait sur lui. Celle de ta mère. Voilà tu sais tout. »

C'est tout ce que lui avait dit Antò. Pas plus de détails. Pas plus de faits. Pas d'information sur qui étaient vraiment ses parents. Sur ce qu'ils étaient devenus. Sur le pourquoi de cet abandon.

Je veux savoir ? J'ai le droit de savoir ? Lorsqu'on fait le choix d'un enfant, c'est dans l'amour qu'on le fait ! Et en responsabilité. C'est qu'on s'en sent capable. Je veux savoir. Pour savoir d'où me vient mon nom. Pour savoir à qui je ressemble. Pour être fier d'appartenir à cette lignée. Je mérite de savoir. N'en suis-je pas digne ? Tout comme je ne l'ai pas été de rester leur fils ! Pas la peine de questionner Antò. Il ne me dira rien de plus. Il ne s'étendra pas sur le sujet. Mais qui puis-je questionner. « Sangue di e petre ùn si ne po caccia »*. Je veux savoir. Je dois savoir. De qui suis-je la chair et le sang ?

Alesiu attendait, allongé sur son rocher. Jusqu'au coucher de soleil. Celui qui en ce début d'automne donne à un ciel clair et transparent des teintes de pourpres, rouge sang, d'orange et d'or. Un soleil adouci qui se projette en un seul faisceau sur une mer calme, lisse comme un miroir. Apaisé par le spectacle, dans la quiétude, Alesiu souleva sa conscience pour le chemin du retour. Et, à la moitié du chemin, il reconnut d'abord de loin et dans la pénombre la démarche chaloupée. Puis de plus en plus près le doigté épileptique. Il recroisa le fou. Johnny et lui. De nouveau réunis. Seul à seul. De nuit. Arrivé à sa hauteur, figé, droit comme un i, le fou recommença sa litanie.

* On ne peut tirer le sang des pierres

- *Un jour tu traverseras montagnes et rivières. Un jour tu iras par-delà cette mer. Défier les dieux et les créatures avides de ce monde. Pour aller à la conquête de l'inconscient et de tes pensées vagabondes. Un jour, tu te déchargeras de ce fardeau immonde que d'autres t'ont laissé. Et enfin. Enfin tu sauras qui tu es !*

- *Que sais-tu ? Qu'as-tu vu ? Dis-m 'en davantage de moi ? Parle ! Dis ce que tu sais !*

- *Tu passeras de l'autre côté. Mais bientôt. Bientôt tu vas t'y confronter. Tu vas le rencontrer. Bientôt la colère du ciel et du village va te contraindre à le traverser ! Tu viens de faire face à la colère du vent. Il t'a remis sur le chemin. Suis ton destin, ne lui résiste pas. Suis ton envol. Celui que tu croises chaque soir dans tes rêves.*

- *Traverser quoi ? Confronter qui ? Réponds ! Qui ?*

- *Le miroir. A chì campa n'ha da veda. A chì campa n'ha da veda.**

Le fou en reprenant sa démarche, sa posture courbée, ses gestes et ses insultes continua son chemin. Comme si de rien. Alesiu le cœur empli de doute retourna à la bergerie. Rejoindre Antò pour une partie de golf by night. Antò avait bricolé un parcours de jeu nocturne avec quelques projecteurs stratégiquement installés pour couvrir une surface de jeu suffisante.

* *Celui qui vivra connaitra les épreuves*

Et chaque fois que la nouvelle commande de balles arrivait, il avait instauré ce rituel avec Alesiu. Ouvrir la voie pour la nouvelle « saison ». Il préparait une belle assiette de charcuterie et de fromage, une bonne bouteille de vin rouge. Organisait l'espace de jeu et attendait le retour d'Alesiu. Un rituel d'échange dans le silence total. Moment convivial sans conversation. Mais dans le partage. Un instant dans l'instant. Et ce soir comme les autres soirs Alesiu ne poserait pas de questions. N'évoquerait pas les rencontres avec Johnny. Ne dirait rien des propos tenus par le fou du village. Par respect de la pudeur qu'avait instaurée Antò. Imposée même. Par respect. Ou peur de trop en découvrir.

La nouvelle se répandit comme une trainée de nuits bleues Canal Historique. Le village allait accueillir, comme cela avait déjà été fait par le passé, une nouvelle communauté de gens du voyage. Sur le grand terre-plein. Prêt du stade. Au commencement du maquis. À la lisière de la forêt de chênes. Un principe ici. Le sens de l'hospitalité. Surtout lorsqu'il s'agit de voyageurs qui ont fait le tour du monde mais ont choisi de se poser ici. Un temps. Sur cette terre. Une communauté qui partage tellement avec le peuple de l'île. Un attachement fort à la religion. Un lien primordial à la famille. Le respect de la sagesse des anciens. Et la priorité donnée aux enfants. La volonté farouche de préserver une langue, une tradition et un patrimoine musical.

Dans les temps passés les deux peuples avaient su coexister. Et même partager leur culture. Mais ça, c'était avant. Qu'en serait-il maintenant ?

PARTIE II

RESONANCE :

DU VIDE AU QUANTIQUE

Cette nuit-là le rêve avait pris une autre tournure. Pas de rapace. Pas de voyage onirique au-dessus des rivages. Pas d'arrêt au cœur des montagnes abruptes et froides. Juste la silhouette d'une louve sous la pleine lune se tenant sur le triangle de granite rouge. Observant paisiblement l'horizon et les reflets argentés que l'astre mystique créait sur une mer calme. Comme rarement, ce matin Alesiu se leva serein et paisible. Une douce atmosphère planait autour de lui. Il se leva sans qu'Antò n'ait eu à le secouer. Et pourtant ce matin, Antò était particulièrement agité. Nerveux. Angoissé même. Il passait d'un endroit à un autre de la bergerie sans avoir fait de tâches réellement précises. Vociférant dans sa moustache des propos totalement incompréhensibles et incohérents. Il en voulait à la terre entière. Excédé par une situation qui le dépassait. Au point qu'il en oublia de donner les directives de la journée à Alesiu.

- *Ce qui se passe n'est pas acceptable. Les leçons du passé doivent être acquises. Pour le bien de tous ! Rien n'a été concerté. Cela ne restera pas sans conséquence je te le dis ! Basta cusi* !*

Antò qui d'ordinaire n'exprimait aucun sentiment, aucune émotion, exhortait comme jamais auparavant. Raison de plus pour ne rien ajouter. Alesiu le savait bien. Dans ses coups de gueule, impossible

* *ça suffit comme ça*

d'obtenir quoi que ce soit d'Antò. Le questionner, creuser le sujet ne servirait à rien. Antò se parlait à lui-même. Tentait d'exorciser ses angoisses en les extériorisant. Pour lâcher un peu la pression par la soupape plutôt que faire péter le couvercle. Ce soir au potager il retournera deux fois plus de pomme de terre que d'ordinaire. Pour soulager toute sa hargne.

Pourquoi Antò n'est-il pas clair avec moi ? Il se passe quelque chose. Mais quelle chose peut avoir une telle importance qui le mette dans cet état ? Vraisemblablement une chose qui concerne tout le village. Une chose historiquement ancrée. Qui a laissé des traces. Qui a fait bouillonner le sang-froid d'Antò et peut être bien figé le village. Je n'ai pas d'autre moyen que de prendre la température. Aller voir par moi-même ce qui se passe.

Ce soir au village, toutes les boutiques sont closes. Les cafés et les bars ont tirés leurs grilles. Les tables des terrasses se sont faites toutes petites. Personnes pour jouer aux cartes. Plus aucune boule ne jonche le sol de la place. Pas âmes qui vivent. Les persiennes n'épient plus personne, barricadant les maisons plus tôt qu'à l'accoutumée.

Ce soir-là, Alesiu revenant de son moment introspectif habituel, changea son itinéraire afin d'éviter le village et son atmosphère statufiée. Il lui fallut pour cela, réaliser une variante en prenant dans les hauteurs un peu plus à l'ouest. Et couper vers le stade à la lisière de la forêt. Enfin, ce que l'on pouvait nommer un stade, puisqu'il s'agissait plutôt d'une bande de terre sèche et de gravier entourée par de hauts grillages. Aux quatre coins, d'immenses poteaux métalliques surmontés chacun de 6 projecteurs. Tous impactés par des tirs de projectiles. Balles de fusil ou cailloux. Au milieu de la palissade un grand portail froid et droit recouvert d'une peinture vert d'eau écaillée. Toujours fermé par une chaine cadenassée parce que plus personne n'en avait la clé. Au sol de vieilles marques blanches délimitaient le terrain de jeux. Au centre de chaque largeur, des arches rectangulaires de métal peintes en blanc matérialisaient des cages de football. Dans la clôture de fer tressée un immense trou soigneusement découpé à la pince en ouvrait l'accès. En le longeant, Alesiu remarqua le groupe d'enfants en train de jouer. Des enfants qui n'étaient pas d'ici. Tous possédaient de grands yeux noirs. Des cheveux châtains en bataille aux reflets de feu. Une mine poussiéreuse et barbouillée de chocolat. Des mains maculées de terre et le dessous des ongles noircis. Des gamins habillés en guenilles mais dont les larges sourires laissaient apparaitre un bonheur éclatant.

Le teint légèrement bistré de leur peau leur donnait un aspect rayonnant de joie. Ces galopins malgré leur jeune et frêle âge avaient traversé d'innombrables frontières sans encombre. Leurs activités se stoppèrent et leurs regards se posèrent sur Alesiu. Les petites filles dans un jeu de charme et les garçons fronçant les sourcils pour mieux faire apprécier leur méfiance vis-à-vis de ce passant pas si inquiétant.

- *Comment tu t'appelles ?* L'interpellèrent les demoiselles dans une spontanéité et espièglerie bien éloignée de l'aspect sauvageon de leurs apparences.

- *Et quel âge t'as ? J'adore tes ch'veux ! Et pourquoi que c'est que tu as un couteau attaché à ta ceinture ?*

Pas habituel qu'on l'interpelle. Si soudainement et si joyeusement.

- *Bonjour mesdemoiselles ! Je m'appelle Alesiu j'ai 17 ans. Je vis au-dessus dans la montagne. Je suis berger. Ce couteau il est transmis de père en fils.* Je le garde précieusement, c'est la seule chose qu'il me reste de lui.

- *Ça veut dire que tu gardes les animaux ? On peut les voir, oui on veut les voir si teu plé !*

- *C'est loin dans la montagne tu sais ! Et vous habitez où ? Où sont vos parents ?*

- *On sait marcher d'abord ! Et nous on habite dans le camp plus loin que le stade. Juste avant la forêt.*

- *Le camp ? Quel camp ? Il n'y a rien. Juste une grande prairie avant la forêt. Vos parents vont s'inquiéter. Vous voulez que je vous raccompagne ? »*

- *Mais si ! C'est vrai ! On habite dans des caravanes sur la prairie. Ça fait pas longtemps. Et on a l'habitude de jouer seuls ! Et toi c'est où que c'est que tu vis ?*

- *Dans la bergerie après la forêt avec Antò mon père adoptif.*

Chacun repris son activité normale. Sans attachement particulier mais avec une forme d'affection mutuelle. Moment de partage simple et naturel. C'est Alesiu qui ressortit le plus touché de cette coïncidence. Justement le jour où il avait décidé de contourner le village pour l'éviter. Après avoir longé le stade, le chemin redescendait sur la droite sur près d'un kilomètre et demi avant de rejoindre la forêt. C'était ici en contrebas que se trouvait la grande prairie.

Finalement je suis content d'avoir évité le village. Ce bruit qui court mais que je n'arrive pas à rattraper parce que je suis Alesiu. Parce qu'ici, personne n'a rien vu, rien entendu lorsqu'il s'agit de moi ! Et pourtant l'atmosphère qui se dégage du village devient de plus en plus oppressante. Suffocante même. Et si le fou disait vrai ? Si Johnny avait raison ? La colère du village se retournera-t-elle contre moi ? Ça y ressemble presque. Mais pourquoi m'en préoccuper ? Je n'ai rien à me reprocher. Comment ont-ils pu laisser tous ces gens s'installer là sur un terrain si difficile d'accès voire impossible avec des caravanes ? Sans accès facile à l'eau. Et pourquoi autant à l'écart du village ?

Alesiu, un temps, contempla le camp en contrebas. Sans que personne ne le remarqua. D'autres groupes d'enfants qui jouaient çà et là. Des hommes qui s'affairaient à monter un chapiteau central en guise de grand salon commun. D'autres dans des coins à rempailler des chaises. Certains à bricoler les moteurs de vieilles voitures. D'autres encore à affuter divers outils. Tandis que les femmes s'attelaient à laver le linge à la main et à l'étendre. Pendant qu'un autre groupe s'occupait de faire la cuisine pour le repas du soir. Toutes les tâches se répartissaient et se partageaient au sein de la communauté. Le tout entre les caravanes rutilantes et les grosses voitures flambant le neuf des marques les plus prestigieuses. À les voir on ne pouvait pas dire leur origine. Les traits des visages étaient typés. Mais on ne savait pas vraiment dans quelle partie du monde ils avaient été dessinés. De la péninsule des Balkans, en passant par l'Amérique Latine et peut être même tirant vers l'Inde. Un savant et subtil mélange qui montre qu'à travers les âges ce peuple s'est conjugué selon plusieurs langages pour fusionner en une seule et même tradition. Celle du voyageur.

Alesiu poursuivit sa marche à travers la forêt. Celle-ci prit très vite un parfum de nouveauté. Aux essences des pins se mêlait une fragrance latine inhabituelle. Le chemin était étonnement jonché de Mariposa Blanca, balisé par cette fleur blanche venue de l'autre bout du monde. Les rayons du soleil filaient à travers la cime des arbres dans une lumière aux tonalités d'automne. Une Lumière fraichement tamisée et enivrante. Une atmosphère de quiétude et de mystère qui poussait Alesiu à plus de curiosité. À vouloir découvrir d'un peu plus près cet énigmatique changement. En pénétrant encore d'avantage le bois, une légère musique venue de tous côtés l'enveloppa chaleureusement. Tout son corps en résonance. Des pieds à la tête, des frissons l'envahirent. En contre-jour il découvrit la silhouette cambrée virevoltante. Dansant avec les raies de lumière entre les arbres et les buissons. La mélodie était celle d'un accordéon en marqueterie de Swietenia mahagoni qu'elle maniait de ses doigts agiles. On entendait le tac tac de sa grosse bague ornée d'un Louis d'Or à chaque manipulation des touches nacrées. Le chant. Ce pouvait être un hymne gitan. La voix claire et limpide ressemblait à celle d'une enfant. Ederlezi.

Était-ce son nom ? Ederlezi. Un corps fin mais athlétique. Ederlezi. Une danse flamenco sensuellement déhanchée. Ederlezi. Des cheveux d'un noir profond repoussés vers l'arrière par un fin foulard de soie à poids, aux teintes chatoyantes. Un brin de la fleur blanche piqué dans la chevelure à la tempe gauche. Ederlezi. Deux grands yeux bleus. Deux agates couleur de l'océan. Ederlezi. Des lèvres semblables à deux pétales de rose encore tendres. Juste cueillis à la rosée du matin. Ederlezi. Une peau diaphane laissant entrevoir de fines cicatrices. Ederlezi. Des gestes presque félins. Ederlezi. Des marques de vie révélant sous une apparente fragilité, qu'elle a traversé des mers, des continents et des épreuves que rares ont connus. Ederlezi. Aux oreilles, deux créoles d'or finement ciselées. Et autour du cou un collier de perles de Jaspe rouge carmin agrémenté d'un médaillon d'argent. Ederlezi. Un corset révélant un buste droit et bien soutenu. Un décolleté qui s'ouvre sur une poitrine délicate et ferme. Joliment rebondie. Ederlezi. Une jupe longue de la même étoffe que le bandeau soutenant les cheveux. Ederlezi. Ce chant. Cette voix agissait sur lui comme une force magnétique. Attraction.

- *Ederlezi est-ce comme cela que tu t'appelles ?* Lui lança Alesiu le souffle court et la voix tremblante devant un tel spectacle.

- *Bonjour bel inconnu. Non je suis Artemisa. Du nom de la ville dans laquelle je suis née. Moi aussi sur une terre entourée d'eau. Et toi qui es-tu ? Es-tu d'ici ?*

- *Je m'appelle Alesiu. Je suis d'ici je crois. Sans doute.*

- *Sans doute ? As-tu si peu de considération pour toi-même pour ne pas en avoir pour ceux qui t'ont donné vie ?*

- *C'est que je ne sais pas de qui je suis né. Comment en avoir pour des gens qui m'ont très vite abandonné ?*

- *N'as-tu pas de famille ? Et une communauté ?*

- *J'ai été élevé par Antò qui est comme un père pour moi. Et ce qui me reste le plus fidèle, c'est cette terre avec tout ce qu'elle m'offre et sa nature sauvage sans limite. Django mon cher compagnon, mes animaux. Je n'ai besoin de rien de plus, ni de personne.*

- *Django ! Mais c'est un prénom Romani que l'on retrouve beaucoup chez nous. Est-ce que tu sais qu'il veut dire « Je m'éveille ! ». Je prierai pour toi ! C'est si triste de savoir que tu ne connais pas tes parents. Cet Antò est un homme bon. Crois-tu au destin ?*

- *Le mien a été tout tracé très tôt comme tu vois.*

- Il n'y a pas de hasard. C'est toi qui as donné ce nom à ton fidèle compagnon. L'éveil ! C'est ce que tu recherches vraiment, je le sens en toi. Ne fais-tu pas ce rêve chaque nuit ?

- Que dis-tu ? Comment peux-tu prétendre me connaitre ? Excuse-moi ! J'ai encore du chemin, je dois y aller. Adieu.

Submergé. La vague avait déferlé. Comme un rouleau compresseur. Elle avait emporté tout ce qui restait de dignité. Le dormeur doit se réveiller. Mais en quoi n'ai-je pas été éveillé tout ce temps ? Je me suis fait moi-même. Antò m'a donné ce qu'il pouvait bien sûr. Mais je me suis fait tout seul. Je suis presque un homme maintenant. Je n'ai pas besoin de ce que je n'ai jamais reçu. Pourquoi irais-je le chercher maintenant ? Et le fou… Et cette rencontre ? Elle est belle ! Belle comme une louve sous la lune. Qui rayonne. Ses yeux avec lesquels le ciel méditerranéen tente de rivaliser. Ce regard. Rendu si intense et profond par ce qui semble être des années passées à traverser les océans. Mais le ciel sait. Il sait comme moi je sais. Qu'il a déjà perdu. Je n'ai jamais fait pareille rencontre. À la fois elle m'hypnotise, à la fois elle me révolte. Est-elle avec cette communauté ? Qui sont-ils ? D'où viennent-ils ? Est-ce ça le secret qui tourmente tout le village et Antò ces derniers jours ? Les miens sont ici. Mes bêtes. Django, mon complice loyal. Le frère avec qui j'ai grandi. Voilà ma famille. Et Antò ? Je ne peux pas continuer à lui faire confiance. Il ne me dit rien. Ce changement qui le bouleverse, d'où vient-il ? Et mon histoire ? Il la sait, mais il la tait ! Je ne peux pas continuer à rester muré dans ce silence sous prétexte que c'est la règle ici. Cette voix, elle est arrivée pour me sortir de mon rêve. Est-ce cela qu'elle tente de me signifier ? Cet envol en rêve. Est-ce là le chemin de mon éveil ? Je ne l'ai croisé que quelques minutes et elle m'en a dit plus sur moi que ceux que je côtoie depuis l'enfance ! Je vais devoir m'expliquer avec Antò. D'homme à homme. C'est sûr, il sait.

C'est l'heure à laquelle Antò retourne la terre. Comme il retourne ses sombres pensées et ses doutes. Ces gros amas accumulés. Dont il ne sait pas se débarrasser. Le secret c'est comme un cadavre dans le placard.

« *La nature a horreur du vide. Alesiu finira bien par se rendre compte par lui-même. Comment vais-je pourvoir continuer ? Et cette nouvelle ! Elle risque de tout précipiter. Et si je parle. Qu'en sera-t-il de moi au village ? Creuse Antò ! Creuse et tais-toi. Acqua core è u sangue ghjaccia*. Tout est figé. Coagulé dans l'histoire.* »

* *L'eau court et le sang se fige*

Faisant dos au chemin qui remontait à la bergerie, il fut extirpé en sursaut de sa songerie par Alesiu qui l'interpella d'un ton inhabituellement distant et froid. Son sang ne fit qu'un tour. Quelque chose avait changé. Dans sa voix. Dans son regard.

- *Il y a des réponses que je mérite !*

- *Oh Alesiu ! Eh ! Mais tu ne m'as pas posé de questions. Aïo. Je ne comprends pas ?*

- *Je reviens du village et il y règne une ambiance inhabituelle. Même si me concernant ça a toujours été le cas. Cette fois c'est bien plus pesant. Est-ce qu'il se passe quelque chose de grave ?*

- *Non rien que je sache ? Pourquoi ? Tu as entendu quelque chose ?*

- *Arrête maintenant Antò ! Stop ! Ça suffit de me traiter comme un enfant ! Et ce rêve que je fais tous les soirs. Ce rêve qui se termine dans le froid des montagnes. Dans un écho de mort incessant ! Est-ce que tu connais ce lieu ? Cet endroit entouré de montagnes ?*

- *Alesiu qu'est-ce qu'il te prend ! Si j'avais des choses à te dire je l'aurais déjà fait depuis longtemps. Des montagnes ? Dans ton rêve ? Il n'y a que ça des* montagnes ! Tu les fréquentes tous les jours ! De quoi pourrais-tu rêver d'autre ?

- Ce ne sont pàs celles que je fréquente tous les jours. Celles-ci sont chargées d'autres choses. D'histoire. De mon histoire. Je le ressens. A machja, ochji un ha ma ochji teni*. Il me parle. Je résonne avec lui. Et mon passé il n'y a qu'une seule personne qui puisse le connaitre. C'est toi Antò.

- Chì campa spirendu mori caghendu**. Qu'est-ce que tu espères ? Tu as une belle vie. Ne cherche rien. Tu vivras plus heureux. C'est le seul conseil que je peux te donner.

- Je ne veux pas de tes conseils. Je veux que tu me dises tout ce que tu sais. Et pourquoi le village et toi avec, êtes dans une telle agitation ? Est-ce que c'est lié à la venue de cette communauté ?

- Nous avons déjà accueilli des voyageurs par le passé. Ne te lie pas à eux. Et là ce n'est pas un conseil. Je te l'interdis.

- Je ne m'interdirai plus rien Antò. Je n'ai plus besoin de ton autorité. Dans mon rêve, j'ai flairé le sang. Ce sang dont je suis issu ! Tu as fait ce que tu as pu. Pour m'élever. Mais tu n'es pas mon père.

* Le maquis ne possède pas d'yeux, mais il voit tout
** Celui qui vit d'espérance, meurt en chiant

- Oh comment tu te permets ? J'ai tout fait pour que tu grandisses dans les meilleures conditions. Et je t'ai laissé choisir. Le jour où tu as souhaité rejoindre l'activité de la bergerie. Tu aurais peut-être préféré que je t'oblige à continuer l'école ?

- Tout ce que tu as fait Antò, tu l'as bien fait. Mais tu joues le jeu de tous les autres. À garder le silence. Venant de toi c'est pire. Eux, en plus de garder le silence m'ont toujours rejeté. Mais ils ne sont rien pour moi. Mais toi ! Toi ! Ton silence. Écrasant. Bien plus que les commérages malfaisants de la vieille Saveria et de ses autres mégères. Suffocant. Encore plus que la pression des regards de tous ces piliers de bar. J'étouffe de ce mutisme. Ce secret fait trop de vacarme dans ma tête maintenant.

- Alesiu pour ce soir tu en as trop dit. Trop parler est la marque des faibles. Arrêtons ce discours. Allons plutôt sur les terrains se faire une partie. C'est ce qu'il te faut pour ce soir plutôt que de ressasser avec amertume. Rien de mieux.

Ce soir-là, il n'y eu pas de partie de golf. Chacun retourna de son côté à la bergerie. Antò plus tardivement pour passer ses nerfs à vif sur son parterre de patates. Alesiu pour retrouver Django et se plonger dans sa musique. Tout le long du chemin. Une seule pensée rodait dans son esprit. Une bouffée d'oxygène.

Un rayon de soleil qui avait provoqué en lui l'insoupçonné. Une rencontre qui ne l'avait pas laissé insensible. Ce soir il se posa plus tôt sur son lit. La musique de Hight Hopes de Pink Floyd dans le casque de son walkman. Un calepin et un stylo entre les mains. Il se posa, adossé contre le mur de pierre. Les jambes fléchies contre la poitrine en reposoir pour son cahier. Écrire. Pour ne pas perdre l'instant. Écrire. Pour véhiculer ce présent. Ce présent si imprégné dans son sang, dans ses veines. Qui s'écoule comme un fluide de vitalité. Le stylo glissa sur la feuille blanche du cahier. Alesiu se laissa guider. Comme un canal connecté à un espace presque divin qui lui dictait le chemin.

Artemisa, Oh ! Doux parfum de Mariposa
Une voix claire déchirant les nuages
Colorant de bleu le ciel capricieux
Des cheveux noir ébène
Un regard océan défiant les dieux
Une peau diaphane plus pure que les larmes d'un ange
Tu es la déesse bienveillante de mes rêves antiques
Pour un nouveau souffle parfum de Mariposa,
J'ébranlerai toutes les colonnes de tous les palais
Je réinventerai tous les contes de la mythologie

Eio Alesiu

Que ne donnerais-je pour la revoir un instant ? Je ne sais rien d'elle mais j'ai perçu la grâce. Cette étrange sensation d'avoir traversé le temps en sa compagnie. Depuis toujours. Seulement quelques mots mais tellement de sens. Comment a-t-elle pu lire en moi ? Comme jamais personne n'a su le faire. Avec elle je suis un livre ouvert que je le veuille ou non. Tellement besoin de la revoir. De savoir qui elle est ? D'où vient sa communauté ? Peu importe les mises en garde d'Antò. L'esprit des gens est si étriqué qu'ils ont juste peur de l'inconnu. Je vais la revoir. Je dois la revoir.

Jour après jour, Alesiu emprunta ce même chemin qui contourne le village. Il faisait au début une halte au stade pour y croiser les enfants. Leur approche était si naturelle et spontanée qu'il ne se posait aucune question à leur contact. Il finit par intégrer le groupe pour être complice de leurs jeux. Il y avait les groupies Luna, Mandy, Naïs et Anika. Elles scrutaient Alesiu des pieds à la tête. Comme si elles le découvraient pour la première fois lors de chacune de ses venues. Toutes les petites filles rivalisant de gestes câlins, de clignements d'œil pétillants et de grands sourires rougis. Amadouer pour être la princesse élue de la soirée. Les garçons n'étaient pas en reste. De la méfiance ils passèrent très rapidement au désir d'alliance. Chacun souhaitant Alesiu dans son équipe pour des parties de ballon. Pieds nus sur la surface chaotique du terrain abandonné. Tiago, Malo, Leny parmi les autres se bagarraient la place pour admirer le couteau d'Alesiu. Montre-le-nous. Comme il est trop beau. C'est bizarre cette lame comme les couches d'un oignon. Oui ça se nomme du Damas. Ce sont des couches d'acier que l'on superpose, que l'on soude et qu'on martèle. Et c'est bizarre ce manche. On dirait de la corne de vache. Oui c'est bien de la corne, mais celle d'un bélier...

Insidieusement. Le lien. Insidieusement. L'attachement. Insidieusement. L'accoutumance. Il ne se passe pas un jour sans ce désir de se rapprocher un peu plus de la communauté. Pour la revoir elle. L'approcher. Lui parler. L'écouter. La voir danser. L'entendre jouer et chanter. Comprendre qui elle est. Et ce jour-là, un jour de ciel clair et dégagé, au détour du maquis, il la retrouva. Artemisa. Munie cette fois d'un arc et de flèches. Chassant à l'ancienne. D'un haussement d'épaule sensuel et nonchalant, elle se retourna vers lui. Alesiu remarqua sur l'omoplate droite son tatouage, une louve sous la pleine lune.

- *Bonjour Artemisa que chasses-tu là ?*

- *Je ne chasse rien. Je m'entraine simplement, comme le faisait les anciens pour la chasse aux cerfs, mais moi, Je ne tue pas d'animaux. Je ne vise que des arbres.*

- *Te rappelles-tu de moi ?*

- *Comment pourrais-je oublier ? Les enfants ne parlent que de toi le soir autour du feu. Ils t'admirent beaucoup !*

- *C'est vrai que je me sens libre d'être moi-même avec eux.*

- *Viens un soir. La communauté aimera certainement te connaitre. Ce sera l'occasion pour toi de découvrir nos coutumes.*

- *Si tu penses que je suis le bienvenu alors oui je viendrai*

Le surlendemain, au passage du stade, Alesiu fut happé par un wagon d'enfants surexcités. Le groupe de canailles l'emporta à bout de bras. Comme on porte les jeunes mariés au sein de la communauté. Tout le long de la parade les petits souillons lui vantaient les mérites de celle qu'ils appelaient leur grande sœur. Les jeunes filles, du statut d'amoureuses étaient passées avec ravissement à celui de demoiselles d'honneur. Les garçons avaient attribué à Alesiu le rang de cousin voire même de grand frère. Dans le camp, tout le monde s'affairait à préparer la soirée. Un grand feu au centre. Ce soir les tables de toutes les familles seront rassemblées autour. Quelques caravanes spécialement déplacées pour l'occasion. Ce soir c'est veillée. Chacune et chacun fièrement apprêtés pour l'occasion.

Pour lui, Pantalon, gilet, veste dans un velours noir épais et chemise blanche. Tous les hommes portent le chapeau. Pour elle, jupe flamenco, corset blanc dénudé aux épaules. Fichu coloré pour retenir la belle et longue chevelure ébène aux reflets carmin. Pour tous, les bijoux en or ornent les cous, doigts, poignets, chevilles et même les sourires des plus âgés.

Après avoir été porté jusque-là, Alesiu fut transporté par l'atmosphère qui l'attendait. Chaleureuse. Conviviale. Filiale. Plus qu'une fête. Une célébration. Sans motif précis. Juste pour honorer l'instant. Célébrer la vie. La joie du moment. Le partage. Le goût d'être ensemble. La saveur de se sentir ici et maintenant. Vivant. Juste vivant. Sans penser au lendemain. Sans jugement. La veillée chez les gitans, c'est une ode à la vie. Car quand on nait gitan. On est solidaire dans la vie comme devant la mort.

On déposa Alesiu devant la plus vieille femme du camp. La doyenne. La sage. Celle que l'on écoute. Celle qui conseille jusqu'au chef de camp. La voyante. Capable de lire le passé et de présager le futur. De tracer sur un tableau noir au grès calcaire le desseign que l'univers offrira à chacun. Cheveux blancs tirés vers l'arrière en une interminable tresse. Un visage qui porte les sillons d'un disque vinyle contant mille ans d'histoire. Le corps maigre et usé mais le regard ! Ce regard. Clair. Étincelant. Portant en lui une jeunesse à jamais éternelle. A la profondeur d'un océan. Un bleu qui a traversé les couloirs du temps. Un bleu déjà croisé. Presque familier.

La sorcière lui prit la main droite. La caressa. La retourna. Déplia les doigts pour laisser apparaitre la paume. De l'index, elle suivi les lignes de vie de la main d'Alesiu. Puis elle fit de même avec la main gauche. Et dans un souffle continu, elle déposa cette intention dans son oreille attentive. Sans plus de détails. Sans explications ni justifications.

- Alesiu connais-tu le son de ton être ? Son unique vibration ? Le monde est en perpétuel changement. Je l'ai tellement parcouru. Nous, voyageurs, sommes en mouvement. Nous savons que le monde est mouvement. Offres-toi le changement. Permets-toi de créer avec ce monde. Laisse-toi guider par ce qui correspond à ce que ton cœur, ce que ton être désire. Résonne. Résonne avec cette énergie infinie de l'univers. Prends la responsabilité de façonner ton monde. Éveille-toi. Devient nouveau. Je crois que c'est ce que ton rêve te signifie. Celui que tu fais tous les soirs depuis que tu es petit. Prends cet envol. Pour de bon cette fois. Vois avec des yeux, des pensées et des sentiments renouvelés. Fixe tes propres limites et tiens-les, sinon ce sont les autres qui te limiteront.

Derrière lui. Dans son dos. Une voix grave de baryton le sortit de son hypnose.

- *Rosita est notre doyenne. C'est à elle que revient le droit de t'accepter ou non parmi nous. Bienvenue Alesiu. Je suis Chavo, le chef de ce camp.*

- *Merci de m'accueillir parmi vous. Je suis désolé de venir perturber votre soirée.*

_ *Tu n'es plus un inconnu. Les tiquenots* te vénèrent. Et Artemisa s'est portée garante pour toi !*

Chavo. Peut-être deux mètres de haut. Sans doute même plus avec son chapeau. Des bras interminables et fins se finissant par d'énormes mains. Larges comme des raquettes de tennis. Un physique élastique. Et des abdominaux chamallow. Une bedaine boursouflée mais pas vilaine. Ses gestes sont d'une fluidité aquatique. Tout en douces ondulations. Les jambes aussi semblent infinies. Si bien qu'on se demande si elles atteignent vraiment le sol. Le tout, arrimé à la terre par des panards dignes d'un ogre des contes de Perrault. Au moins du cinquante-quatre. Et qu'est-ce qu'il transpire ! Il suinte. Des pieds à la tête. Il suinte tellement que ça le rend luisant. Pas d'un flot abondant mais d'une moiteur épaisse et grasse.

*: petit enfant

Un poisson terrien qui glisse entre les doigts mais ne pue pas. Une tête de mérou lorsqu'on le regarde de face. De grosses lèvres retroussées, un tout petit nez, des yeux globuleux avec de lourdes paupières tombantes lui donnant un air d'endormi chronique. Et de toutes petites oreilles ressemblant à deux nageoires pectorales. Au sommet, un tout petit crane pointu que l'on devine pratiquement nu sous son trilby de feutre marron au motif pied de poule orné de trois plumes de faisan sur le côté. Chavo est jovial. L'éclat de rire facile à branchies déployées. Plutôt amusant, ce chef de camp !

Le camp, une agglomération de caravanes. Toutes enchevêtrées. Un champ de roulottes modernes tractées par de ronflantes et rutilantes grosses cylindrées avalant les kilomètres sans broncher. Ici on aime ce qui se voit. Les gros bijoux qui brillent et les carrosseries qui scintillent. Le camp est posé sur une vaste prairie. Au gazon d'un vert absinthe psychédélique. Au centre on a levé le mat pour l'immense feu de joie. Autour du feu quelques chaises pliantes pour soulager les plus âgés ou les jeunes ados blasés. Il y a déjà les musiciens qui échauffent leurs instruments. Pas de gammes. Ici on ne connait que la pratique. Jouer. Ensemble. Pour chanter et danser. Pour mettre en transe toute la communauté. Alesiu se sent hypnotisé. Magnétisé par cet univers dont il a toujours rêvé. Pouvoir enfin se lâcher. Être juste soi. Dans la spontanéité. Celle de l'enfance dont il a été privé. Celle qu'il a dû toujours camoufler depuis qu'il est mouflet. Parce qu'ici. Il le sent bien. On parle plus qu'il n'en faut. Celui qui a raison est celui qui aura le dernier mot. Celui aussi qui parlera plus haut. Aucune barrière. Pas de limite. Tout est ouvert.

Je peux être moi ici. Mon histoire est-elle si lourde pour que les gens qui m'ont vu grandir me rejettent ? Alors que ces voyageurs venus de nulle part m'accueillent déjà presque comme l'un des leurs ? Les mots de Johnny depuis tant d'années et maintenant ceux de la diseuse de vérité ! Dans ce village on m'a toujours traité comme un pestiféré. Petit déjà. J'étais l'objet des moqueries. Et des camouflets. Dans la classe on me laissait au fond, tous mes camarades étaient assis par deux sur les tables d'écolier. Moi j'étais seul. Lorsque nous faisions une sortie avec l'école, tous les camarades se tenaient en rang par deux, main dans la main. Moi j'étais seul. Pour les jours d'art plastique chacun réalisait un travail en petit groupe. Moi j'étais seul. Pour les anniversaires, pour les vacances scolaires, pour la fête des mères et des pères, les jours de tonnerre et même les jours ordinaires. J'étais seul. Je me souviens. De mon jeu préféré quand nous étions encore dans la maison de village avec Antò. Je devais avoir à peine cinq ans.

J'adorais grimper aux arbres. En particulier à ce chêne liège immense au milieu du maquis prêt du stade. Ce chêne il n'y a que moi qui arrivais à y monter. Tout en haut. Au sommet. Même les plus grands n'osaient pas s'y frotter. Tous les enfants s'étaient réunis parce qu'ils voulaient me voir grimper. M'admirer. La première partie du géant surier était constitué d'un large tronc dépourvu de branche. Pour l'escalader, une échelle en bois avait été dressée. Le groupe d'enfants, Petru, Ange, Francescu et les autres m'avaient encouragé les bras croisés. Montre-nous ! Monte ! Tu n'es pas cap ! Montre-nous comme tu grimpes. Vas-y, n'aies pas peur. On est là. Et comme ça on te suivra derrière. Ils m'avaient même fait la courte échelle pour m'aider sur la première partie. Une fois arrivé tout en haut ils me regardèrent tous. D'en bas, le nez en l'air. Avec de grands sourires en coin. Ironiques. Narquois. Et sans un mot. On ôta l'échelle. Puis avec de gros bâtons en guise de gourdin ils tapèrent sur l'écorce de liège pour libérer les nuées de fourmis rouges qu'elle abritait au sein de ses galeries. Plus j'attendais pour descendre, plus elles se répandaient. Plus elles grimpaient vers le sommet. Rester en haut ou redescendre. Dans les deux cas j'étais contraint de les traverser. Et plus j'attendais plus j'en traversais. On me laissa comme ça. Tout seul. En plan. Dans mon arbre perché. Infesté de fourmis piquantes. J'avais cinq ans. Et déjà j'avais dit à Antò que l'école, je ne voulais plus y retourner. Que le village, je voulais bien le quitter. Depuis ce jour je suis resté à distance. Et on m'y laissa. Ça arrange bien. Ça facilite la tâche de tout le monde. Rien à se reprocher. Juste à détourner le regard. Et ne plus rien voir. Dans cette communauté, ces gens, ils me regardent. Ils me voient. Artemisa. Ce n'est pas que son nom qui me parle. Tout ce qu'elle est a un effet sur moi. Ce n'est pas juste une pulsion qui éveille mes sens de jeune pubère. C'est plus que ça. Un instinct grégaire. Je suis sauvage mais être solitaire signifie-t-il vivre isolé de tous ? Artemisa. Une fille louve, sauvage mais chef de meute. La louve alpha bienveillante. Celle qui a le regard fier au-dessus des autres. Pas un regard inquisiteur. Mais au-dessus de la mêlée. Observateur. Qui voit ce qui se passe. Si tout est sûr autour. Si tout va bien pour tout le monde. Ce qu'elle est. D'où elle vient. Son monde. Tout cela vibre en moi. Tout comme cette musique sortie de ses entrailles lorsque je l'ai rencontré la première fois. Depuis ce jour, mon trou béant, mon vide n'est plus le même. Mon rêve n'est plus le même. Il y a comme une savante alchimie. Qui a fait évoluer quelque chose. Artemisa. Je ne peux pas me mentir. C'est elle que je veux vraiment revoir ici. Quand. Quand viendra-t-elle ?

Dans le camp, toutes les femmes s'activaient à préparer un festin de roi. Les hommes à démarrer le feu de joie et les barbecues. Les enfants à courir dans tous les sens jusqu'au bois en s'amusant au passage à tirer les barbes, cul nu. Les familles commençaient à s'installer aux différentes tablées. On invita Alesiu à celle réservée aux représentants de la communauté. Rosita et Chavo en premier mais aussi tout le conseil du camp. Une seule chaise restait vide. Un groupe d'homme s'était formé au-devant du feu. Un orchestre. Plutôt une fanfare. Deux au violon, quatre à la guitare, une contrebasse. Des cuivres. Des tambours… Et un groupe de femmes. Un chœur au milieu de la fanfare gitane... L'orchestre se mit à frémir. D'abord le son grave de la contrebasse, suivi des cuivres et très vite des percussions puis des guitares. La musique s'emballa en une progression rythmée et continue. Le son arriva très vite à température. Tout se mit à bouillir. Le public, qui grossissait, à s'exalter. À s'enflammer encore plus intensément que le bûcher. Dans des claquements de mains et des youyous. Pleins d'entrain, sans garde-fous. Une liesse qu'Alesiu n'avait jamais eu l'occasion de côtoyer. Puis les corps se mirent à remuer. Les fesses à se dandiner. Les pieds à taper le sol à en soulever la poussière. Un brouillard épais jauni par la flamme et la frénésie de ce feu de vie. Puis subitement, la musique stoppa net. Atmosphère suspendue. Éphémère silence. Pour accentuer la transe.

Le court néant se laissa pénétrer par une seule voix. Cette si singulière voix. Limpide et claire. Et l'air tant attendu débuta.

> Sa me amala oro kelena
> Oro kelena, dive kerena
> Sa o Roma daje
> Sa o Roma babo babo
> Sa o Roma o daje
> Sa o Roma babo babo
> Ederlezi, Ederlezi
> Sa o Roma daje

La voix fut sublimée par l'accordéon d'Artemisa, puis par l'orchestre et au second couplet par le chœur des femmes. Un espace-temps plein de sens. L'hymne des voyageurs. Celui qui les rassemble de tous horizons qu'ils soient. Manouches, Sinti, Roms, Gitans andalous... Les tsiganes viennent des quatre coins du monde et pourtant, ils sont de nulle part. Et quel que soit leur communauté d'origine ils partagent les mêmes valeurs, traditions et le même mode de vie. Cet air leur rappelle à tous qui ils sont. Et ce soir c'est Aremisa qui porte et diffuse le message. Je me demande comment de si frêles épaules sont capables de porter une telle charge. Elle n'a que vingt ans et déjà une telle force ! Une capacité à assumer pour tous. Une enfant-femme. Invincible.

Inébranlable. Inaltérable. Sans armure de protection. Une vraie solidité intérieure. Un roc. Un roc qui ne tressaille pas face aux puissantes rafales des tempêtes qu'elle a déjà traversées. Une forme mouvante qui a su virevolter dans la bourrasque. Un papillon. Qui assure ses métamorphoses au gré des océans en assumant sa fragilité. Elle n'a que vingt ans mais semble avoir tellement su faire avec la vie. Tout d'elle est relié à la vie. Son regard lumineux. Ses cheveux qui se laissent porter par le vent. Ses lèvres qui dévorent le monde et exhalent une pensée si spontanée et fraiche. Mais tellement juste et profonde. Elle n'a pas froid aux yeux. Semble sûre d'elle, mais d'une grande humilité. Consciente de sa petitesse face à l'univers. Et moi. Moi. Je me sens tellement vide. Si vide à l'intérieur. Je me suis construit seul. Je me suis forgé dans la masse. Dans le dur. Mais je sens bien que ce n'est qu'une carapace. Une précaire armure. Qu'elle va finir par se volatiliser. Qu'elle est prête à imploser, aspirer par ce trou béant au milieu de ma poitrine. Si Artemisa m'attire autant c'est parce qu'elle est à la fois ce que je suis et tout ce que je n'ai pas eu. Une enfant libre et sauvage au cœur vaillant, bien accroché. Ancrée à des valeurs fortes. Solidifiée par des fondations en béton armé. Une base construite sur des normes antisismique. Qu'aucun évènement ne peut venir faire effondrer. Alors que moi je suis comme un château de cartes. Elle est en basalte dense, compacte et solide, moi je suis sculpté dans du granite friable. Cette communauté rayonne. Elle est soudée si fortement. Ici, on a l'impression que l'on peut tout se dire. Et elle a dû voir tellement de ce monde. Alors que moi je ne connais qu'ici. Je ne connais rien. Je ne sais pas qui je suis.

Les pensées en boucle dans la tête d'Alesiu s'interrompirent nettes. Il n'avait même pas perçu la transition de la musique. Vers des rythmes entrainants. Il n'avait pas senti les gens autour se lever pour danser. Trop absorbé par son animus. Et surtout il ne l'avait pas vu s'approcher et s'assoir dans cette chaise juste à côté, laissée vide spécialement pour elle. Artemisa. Elle posa une main sur son épaule. Il sursauta. Son regard tourna sur lui-même de l'intérieur vers sa direction à elle. Vers la belle. Vers cet ange qu'il attendait tant.

- *Artemisa, cet air est bien celui que j'ai entendu la première fois que nous nous sommes vus ?*

- *Oui il est devenu notre hymne. Il se chante dans toutes les langues. C'est un moment très solennel mais surtout très précieux pour nous. Heureuse que tu sois parmi nous.*

- *On ne s'est vus que deux fois, je ne sais presque rien de toi !*

- Je viens de ce pays entouré d'océan. Je suis née il y a 20 ans sur la Playa Majana. Mais ma grand-mère maternelle est de la ville d'Artemisa. C'est ce qui me vaut mon prénom. On dit aussi que je suis une fille sauvage. Une fille de la mangrove. Mais sous cet aspect je suis une vraie louve. Le loup est mon animal totem. J'aime protéger. Et particulièrement tous les enfants de la communauté. Je suis la grande sœur. Mais dans cette communauté, j'aime dire qu'ils sont tous un peu mes enfants. Petits comme grands. Rosita est ma grand-mère. Et Chavo est mon oncle. Je n'ai plus mes parents. Je les ai perdus à l'âge de quatorze ans dans un accident de voiture. J'étais avec eux à l'arrière de notre grosse Mercedes blanche. Je n'ai rien vus venir mais je les ai vu partir. La vie ne tient à rien. L'avenir nous appartient. Ils m'ont donné tellement. Avec eux j'ai tellement appris de la vie qu'aujourd'hui leur présence est forte en moi. Et puis il y a toute la communauté. Nous, voyageurs, sommes libres, indépendants, nous pourrions partir chacun au gré du vent sans peine, sans nous retourner. En laissant les nôtres derrière nous. Parce qu'on fond de nous, nous savons que nous sommes seuls mais liés. Nous sommes seuls mais nous ne sommes pas isolés. Rosita est une Chovihani. Loin d'être juste de la magie, elle sait décrire les gens mieux que personne. Tu peux te fier à ce qu'elle t'a dit.

Toute la soirée se poursuivit bercée par l'orchestre aux accents des Balkans, d'Amérique du sud et autres contrées lointaines. Toute la nuit Artemisa et Alesiu échangèrent sur leur parcours de vie. Le départ de son île à l'âge de quatre ans avec ses parents pour rejoindre la communauté. Les longues traversées. Les routes avec les maisons tractées. Tous ces voyages. Tous ces paysages. Toutes ces rencontres. L'accident. Et sa vision de la vie. Pour elle. La vie dans la maison de village avec Antò et Matéa. Puis le départ vers la bergerie. Le chemin de l'école, ses jeux d'enfant solitaires. La découverte de son île qu'il veut tant lui montrer. Sa vie de berger. Le rejet. La mise à l'écart de tout le village. Pour lui.

- Merci Artemisa. De m'avoir convié ici chez toi. Parmi les tiens. De m'avoir fait confiance à ce point. Et de m'avoir offert cette belle soirée.

- Merci d'être venu jusqu'ici surtout.

Puis entre deux regards croisés, Artemisa saisit Alesiu par le bras. Avec aisance et résolution, elle l'extirpa de la ferveur gitane qui se poursuivait autour du feu.

Ils s'engouffrèrent et se faufilèrent dans les traverses créées par les alignements de caravanes.

Debout. L'un en face de l'autre. Alesiu dans un geste spontanée pris Artemisa par la taille de sa main gauche bien adroite. Sans marquer une hésitation. Par ses hanches si fines. Si féminines. Il l'approcha de lui. Contre lui. Corps à corps. Il ne put s'empêcher de gouter à ses lèvres qui l'appelaient depuis les premiers lexèmes échangés dans la forêt. Artemisa, au-delà de n'opposer aucune résistance, continua le mouvement initié pour jumeler les corps. Les bouches s'emplirent l'une de l'autre. Dans la langue singulière de l'union de leurs écumes sensuelles. Les lèvres se testent. Se dégustent. Se laissent fondre les unes sur les autres. Les langues glissent l'une avec l'autre sur la vague de leur exaltation effervescente. Les visages se caressent, se croisent et se recroisent. Le regard tour à tour tourné vers l'intérieur pour mieux appréhender et laisser monter leurs sensations en ébullition, ou plongeant dans les yeux de l'autre afin de donner leur âme en offrande. Parade animale. Instinct félin qui s'éveille. Baisers humides ou baisers juste frôlés. Chacun se nourrissant du souffle de l'autre. L'expiration de l'un devenant l'inspiration de l'autre. Alesiu prit le visage si fin d'Artemisa entre ses mains comme un précieux trésor que l'on extrait de son écrin. Laissa flirter ses doigts dans les mèches douces et légères d'ébène. Embrassa le visage de porcelaine et de sucre cristal. Les lèvres, les joues, les yeux, le cou. Artemisa glissa ses mains sous la tunique d'Alesiu.

Sentir frémir le cuir de la peau de son torse. Lire de la pulpe de ses doigts ce corps désiré. Sentir cette fraiche et ferme musculature d'animal sauvage totalement livré. Artemisa extirpa le chemisier d'Alesiu pour encore mieux décrypter le corps du regard. S'arrêta et lui sourit. Les yeux pétillants d'un désir ardant.

- *Je t'emmène dans ma chambre car ici il y a plein de petits regards indiscrets d'enfants qui nous épient.*

Artemisa saisit délicatement la main de son Alesiu. Pour le conduire jusque dans sa jolie roulotte rouge et verte. Ils gravirent ensemble les quatre marches de bois. Derrière cette porte finement ornée, la couche de la jeune louve. À demi nus, les deux enfants se glissèrent nonchalamment sur la natte ronde. Alesiu étendu sur le dos. Artemisa retira d'un geste ferme ce qui restait de tissu à Alesiu pour découvrir avec une curiosité impatiente l'anatomie et l'ampleur de l'enthousiasme qui pointait son nez.

- *Tu permets que je te débarrasse.* Artemisa accomplit le mouvement sans attendre aucune réponse en retour.

Artemisa hissa son corps jusqu'au visage d'Alesiu pour goûter de nouveau à ses doux baisers. Elle laissa dériver ses lèvres tantôt bouche gourmande tantôt morsures agiles. Dans le cou, sur ses pectoraux saillants, sur son ventre vigoureux. Puis elle se délecta de son sexe droit et passionnément érigé dans une danse lascive bien maitrisée. Puissance animale. Chaleur bestiale. Avec une candeur empruntée, Alesiu renversa la situation. Destitua Artemisa de sa robe et plongea sa bouche entre les cuisses humides et sollicitantes de la belle gitane. La langue s'immisce dans les commissures les plus intimes. Avec force et générosité. Intensité en résonnance avec les soubresauts et le souffle exalté de ce corps totalement ouvert. Totalement offert. Les deux amants en fusion mêlent leurs fluides en un océan unique. Laissant déferler sur eux une vague d'extase charnelle. Les corps s'étreignent, sourds à tout ce qui se déroule au loin derrière eux dans la ferveur de la fête qui bat son plein. Alesiu se laissa happer par cette chair gourmande. Caressant et embrassant ses petits seins bombés. Les épaules rondes, le ventre gardant les séquelles de l'accident. Caressant ce dos fin et athlétique. Alesiu sentait des fourmillements dans la poitrine qui remplissaient ce trou béant d'une vibration chaleureuse et bienveillante. Un vide rempli d'ivresse. Une intrication quantique. Leurs corps en suspension, Alesiu pénétra Artemisa. Les deux amants se livrèrent au plaisir jusqu'au petit matin.

Je ne suis plus le même ainsi. Quelque chose a grandi en moi. Les racines ont germé à l'intérieur et ont laissé déployer le feuillage d'un arbre de vie. Ce manque. Ce vide. Empli par la force surnaturelle de l'amour. Artemisa m'a donné tout cela. C'est elle. Ce besoin si intense. Elle l'a comblé. De tout ce qu'elle est. De tout ce qui a vibré. Je retourne vers mon monde. Je rentre vers ce chez moi qui ne me semble plus chez moi. Son absence est déjà si présente. À peine quittée, elle me manque. Ce chemin que j'ai tellement parcouru n'a plus la même couleur. Ces odeurs si familières sont presque insipides face aux effluves de son intimité qui imprègnent encore mes lèvres. La chaleur des rayons matinaux devenue glaciale sur mon corps encore bouillonnant de ses étreintes. Comment vais-je pouvoir cacher ce regard que j'ai sur moi-même et qui a dû déjà changer ? Antò m'a proscrit de côtoyer la communauté. Mais maintenant j'y ai ma place. Plus que je ne l'ai jamais eue nulle part, ici, chez moi. Ce lieu est terriblement vide sans elle. Puisqu'il manque de sens. Comment pourrait-il en avoir puisque mon existence est insignifiante ? Aux yeux de chacun je ne suis rien. Antò a fonctionné avec moi par devoir. Mais je découvrirai pourquoi il l'a fait. En attendant je vais aller vers moi. Et vers moi c'est vers elle. Vers eux tout entier.

L'émotion se transforma à nouveau en mots. Spontanément. Alesiu passa la nuit à griffonner le papier blanc. Pour célébrer ce doux moment. Cette nuit sublimée par cette sirène issue d'une île de l'océan.

Oh louve à fine bouche
Sur le bord de ta ronde couche
Nos corps électrisés se sont étreints
De ta peau sur mes lèvres revient le doux parfum
Et de ton sexe tendre du feu et de l'entrain

La persistance de tes courbes dynamiques
La valse de nos caresses chorégraphiques
Tatouées au fin fond de mon subconscient
Révèlent, seul dans mon lit, la force de l'instant

Des yeux pleins d'une lumière épanouie
Dans une eau croupissante, ne se sont pas noyés au fond du puits
Je les ai repêchés en mon âme et conscience
Pour mieux apprivoiser ta candide méfiance

Dans ton havre de paix
Le temps s'est suspendu, figé
Un morceau de vie, une harmonie qui a vibré
Un présent, un cadeau à ressusciter

Eio Alesiu

Alesiu veut tout montrer à son Artemisa. L'immerger dans son monde pour lui faire sentir qui il est. Ici, il a tellement fallu cacher. Garder pour soi. S'effacer. Jusqu'à pratiquement se faire oublier.

Annihilation totale. Artemisa est le chemin qui le conduit vers la lumière. Il en est certain. Un miroir, qui ne lui semble pour une fois pas hermétique, reflétant une image sincère et vraie. Ou peut-être même sublimée. Est-ce cela l'envol dont parlait Rosita ? Est-ce cela le miroir à traverser dont parlait Johnny Guitare ?

En allant vers elle, avec cet élan. C'est certainement cela qui va me conduire à aller vers moi. À pouvoir enfin identifier ma nature pleine et entière et la faire reconnaitre. Mais reconnaitre de qui ? D'Antò ? Je n'ai plus rien à lui prouver puisque de toute façon il ne comprend sans doute pas qui je suis. Des gens d'ici ? A bien y réfléchir seul compte ce regard qu'elle a posé sur moi. Ce regard qui me remplit. Elle et moi sommes pareils. Sauvages, indépendants, sensibles. Artemisa sait ce que je suis. Dans le sang, la même veine. Je n'ai pas de mots pour décrire ce lien si complice et fluide. Une forme de vibration intense et puissante qui relie nos âmes et nos corps. Le miroir.

Jour après jour l'idylle s'installe. Appel puissant du corps et du cœur. Alesiu laissa de côté son habitude de se rendre à la pointe de son rocher rouge pour rejoindre son Artemisa. Pas par une volonté intentionnelle. Mais par oubli inconscient.

Chaque jour, ils se rejoignent tantôt dans sa roulotte, tantôt dans la forêt à la lisière du camp. Ils mêlent leurs corps pour en faire la partition d'une musique suave.

« Alesiu, *laisse-moi te montrer le monde à travers mes yeux. Laisse-moi t'emmener en voyage autour du monde et revenir. Tu n'auras pas besoin d'être en mouvement. Laisse ton esprit se promener et laisse mon corps faire la conversation. Je t'emmènerai sur les plus hautes montagnes, dans les profondeurs des mers les plus profondes. Laisse-moi te montrer le monde à travers mes yeux* » *.

Les amants se cherchent. Se découvrent. Se dévoilent. Se dénudent. Sensation de plénitude. Sous la grisaille d'octobre qui doucement s'installe pour préparer les pluies de novembre.

Un de ces après-midi de retrouvaille. Les deux amants flânent main dans la main à travers le maquis. Le moment survient, à la croisée des chemins. Toussaint les surprend, furtivement, sans que ceux-ci ne s'en aperçoivent. Et surpris Toussaint l'est. Abasourdi. Plus que paniqué, profondément agacé. Il aimerait se manifester mais… Il ira parler à qui de droit. C'est inacceptable, inadmissible, cela devra cesser, et même peut-être plus encore. Dès demain il ira trouver Antò.

*World in my eyes Depeche Mode M.L Gore

On ne peut accepter de nouveau ce type de rapprochement. Ces voyageurs n'auraient même pas dû arriver jusqu'ici. Ici on se l'était promis. Cela ne présage rien de bon pour l'équilibre qui s'est installé dans le silence habituel.

Au village on ne règle rien sauf dans l'oubli, la disparition. Même si cela doit se faire au prix de la vie. Car le silence a plus de valeur que la vie. Le silence est si puissant qu'à la fin il a le dernier mot. Et cette relation entre un enfant du pays et une voyageuse va faire parler. Et parler, c'est faire rejaillir les vieux démons du passé. Cette chape de l'histoire d'Alesiu pèse trop lourd. C'est tout le village qui porte ce poids immense par la force du silence partagé. Si les villageois communiquent c'en est fini de la tranquillité, surtout pour lui. Toussaint craint d'ailleurs plus pour lui. Et si tout cela le remettait en face de la réalité que tout le monde s'est contraint à accepter ? Dans la crainte certes, mais sans discuter. Antò ! Retrouver Antò pour qu'il parle à Alesiu. À Antò de savoir lui dire. C'est lui qui l'a élevé. À Antò de trouver les mots avant qu'il ne soit trop tard. Avant de devoir agir. Si ce n'est pas Alesiu qui remédie par lui-même à cette plaisanterie, c'est vis-à-vis de l'ensemble de la communauté qu'il faudra intervenir. Exactement comme avant. Comme par le passé. « Chi cerca trova* ».

* *Qui cherche, trouve*

Alesiu cherche à se mettre en danger. Et le danger, il va le trouver. C'est un bon petit mais son destin est triste et tout tracé. Depuis qu'il est né. La fin ne peut être que tragique. Tout comme le début.

Le lendemain à la boutique, Toussaint attendit Antò pour la livraison du jour. Il avait préparé le discours. Sans trop de mots. Direct et clair. Antò comprendra très vite de toute façon car il n'y a pas besoin de langage pour exprimer ce que tout le monde porte déjà en lui.

- *Ah Antò Comu sé ! Il faut que je te dise quelque chose. Et ça te concerne.*

- *Ba bé ! C'est une bonne nouvelle ? J'espère que je pourrais quelque chose pour toi ?*

- *C'est pour nous tous que tu vas faire ce que tu as à faire. J'ai surpris ton Alesiu. Ils étaient tous les deux mains dans la main. Cette fille de la communauté et lui. L'histoire se reproduit Antò ! Alors pas deux fois la même erreur tu comprends ?*

- *Qui dici ? Je vais faire le nécessaire fais-moi confiance.*

- *Je compte sur toi Antò. Nous comptons tous sur toi. Tu comprends bien qu'il n'y a pas le choix.*

- *J'ai bien entendu Toussaint, je ferai mon devoir.*

- Cet enfant à « l'ochju », vieille Saveria me l'a dit. Il ne faut pas que ça s'abatte sur nous tous.

Trouver les mots. Ne pas se tromper. Tout faire cesser pour le sauver lui. L'enfant. Ce fils apprivoisé, adopté. Je ne sais pas faire avec lui. Je vis dans ma sphère pour fuir tout ça. Oui, cette misère qui a frappé son destin à peine arrivé au monde. Mais il est tellement libre et sauvage. Et maintenant mon silence de toujours lui pèse. Il n'entend plus rien de moi. Je suis perdu. J'ai promis d'être un père pour lui, un protecteur. Et là je vais devoir tenir le mauvais rôle sans pouvoir lui expliquer les raisons profondes. Lui interdire sans lui dire. Comment vais-je faire, moi qui n'ai jamais su trouver les mots ? Je ne suis pas fait pour ça. Moi c'est ma nature sauvage, mes bêtes, ma vie simple et mes habitudes. Devoir tout bouleverser. Et si je n'y parviens pas c'est moi qui risque d'être banni d'ici. Ce petit il n'a rien de plus à perdre. Alors que moi... C'est terrible mais c'est sa destinée. Je n'y suis pour rien moi. J'ai tout essayé pour qu'il puisse avoir une vie normale, j'ai fait ce que j'ai pu. Entre ma promesse d'être un père et celle de respecter nos règles qui garantissent le bien de tous. Il n'a pas voulu m'écouter. Je lui avais interdit de se lier aux voyageurs. Mais ce gosse, il a toujours besoin d'explication sinon il n'en fait qu'à sa tête. Je lui ai interdit un point c'est tout.

Il aurait dû s'en tenir à la règle. Maintenant à cause de lui nous sommes tous en danger.

Antò et Alesiu se firent volte-face ce soir-là. C'était la première fois qu'ils se confrontaient réellement. Pas sous forme d'un conflit violent et agressif, mais une confrontation de regards francs et évocateurs d'une cassure actée entre eux. Rien. Plus rien ne serait comme avant désormais. Comment pouvait-il en être autrement ?

- *Alesiu je te demande de stopper tout contact avec cette fille et toute la communauté. Sinon tu devras en subir les conséquences, et là je ne pourrai rien pour toi. Tu m'as mis dans une position difficile.*

- *Tu n'es pas mon père. Je ne sais même pas qui tu es en fait. Fais-tu partie de ma famille ? C'est à croire que non, vu le peu de considération que tu as de mes choix et de mon bien être ici. Je vais faire selon ce que mon instinct me dicte. Et sûrement pas selon le bon vouloir des gens de ce village qui me méprisent depuis toujours.*

- *Non je ne suis pas ton père. Et tu as raison je n'ai aucun lien du sang avec toi ! J'ai fait ce que j'ai dû et ce que j'ai pu, et je ne peux plus rien faire sauf te dire d'arrêter ou de fuir très vite !*

- *Alors Adieu Antò !*

Comme un livre poussiéreux, que l'on referme en le claquant d'un coup sec. Alesiu quitta la bergerie. En pleine nuit. Sans se retourner. Sans haine ni regrets. Le buste droit et le menton relevé. Le regard déterminé. Rejoindre sa dulcinée. Tendre vers sa destinée. Il en ressentait presque un certain apaisement. Il fallait clôturer ce cycle pour s'ouvrir à un nouveau possible. Ne pas s'agripper au vide suffoquant mais rassurant. Parce qu'il restait le connu, l'évident.

Je ne fuirai pas cette fois ce qui s'invite à moi. Artemisa et moi. Je vais m'y engouffrer pleinement. Suivre ce que me dicte mon cœur. C'est une sensation nouvelle pour moi ! Je passe mon temps sur ce rocher à me trouver les excuses du passé. Alors que je ne le connais même pas ! J'ai grandi en me voilant la face dans une nature sauvage qui comblait ce vide mais je dois aller chercher des réponses plus loin maintenant.

Alesiu intégra la communauté. Le soir même il était décidé à investir un mode de vie nouveau. À fuir ce non lien avec ceux qu'il pensait être les siens. Le fossé se creusait définitivement entre lui et eux. Bien sûr il resterait attaché à son île. De cette terre, on ne se défait jamais. Elle s'écoule comme un fluide vital. Sa sève, son essence originelle et profonde. Mais, il en était convaincu, tout cela serait facile à passer.

Artemisa sera son équilibre. Artemisa saura tout compenser. Elle avait déjà nourri ce vide à l'intérieur de lui. Par son amour, elle était venue compléter ce qu'il lui manque d'identité.

Et les pluies de novembre vinrent conforter la méfiance des habitants à l'égard de cette histoire qui se répétait. Les jours qui suivirent l'arrivée d'Alesiu dans la communauté, le ciel s'était couvert d'une chape de plomb. Amenée par des bourrasques aussi soudaines que titanesques. Dans une atmosphère déchaînée, des sacs de pluie tombèrent dès la première nuit. Une pluie antédiluvienne, qu'annonçait un passé si chargé d'histoire. Le poids de cette anamnèse s'abattait brutalement comme pour ré-affirmer la peur que le village entretenait depuis les plus jeunes années du jeune Alesiu.

La pluie avait d'abord inondé toute la plaine à proximité de la bergerie d'Antò ce qui l'avait conduit à confiner les bêtes au péril d'un grand nombre. Les pozzi réunis en un seul et gigantesque lac. Puis, par torrent, l'eau avait dévalé jusqu'au village, en gonflant le moindre petit ruisseau pour en faire un fleuve sauvage et indomptable. L'eau se mêlant à la terre formait des coulées de boue d'une telle violence, un déferlement si intense, qu'il décima tout sur son passage. Déracina les arbres, emporta les voitures, les routes et les ponts

114

comme des jouets d'enfants, isola et bloqua les habitants dans leur maison. Rien ne résista au déluge. Tout fut balayé en quelques minutes par les flots. En une seule nuit la tempête avait eu raison de la vie de deux personnes, et fait porter disparues sept autres. La plupart des cultures et des troupeaux de la région ne purent être épargnés. Un niveau de pluie correspondant à six mois d'intempéries. Rendant impraticables les accès à un grand nombre de villages, qui durent être secourus et évacués par hélicoptère.

Seul le camp gitan demeura presque intact. Mis à part quelques caravanes et véhicules déplacés, aucune victime, aucun blessé à déplorer. C'est à peine si les gens de la communauté s'étaient aperçus de la catastrophe. Au réveil Chavo sortit le premier de sa caravane. À demi endormi, il descendit les deux marches pour rejoindre la terre ferme. Il se retrouva dans l'eau jusqu'en haut des chevilles. Étonné de se retrouver à côté de la roulotte d'Artemisa qui habituellement était à l'autre bout du camp. Il leva les yeux vers le ciel qui, bien que moutonné de cumulonimbus et de cumulus sur le départ, semblait avoir retrouvé un état d'apaisement. Les rayons de l'astre radieux transperçaient chaque nuage de part en part. Les oiseaux avaient repris leurs rondes, les arbres secouaient délicatement leur feuillage pour s'essorer, la fine brise matinale avait remplacé les bourrasques de la veille. Plus rien ne laissait présager l'ampleur de l'évènement. Plus rien ne permettait de dire que la colère des cieux avait brutalisé l'atmosphère durant toute la nuit. Plus rien. Rien que l'ambiance chargée de colère et de haine se diffusant dans l'air encore chargé d'un flux malsain qui échauffait déjà tout le village au petit matin. Et ça, Chavo le ressentit au point que cela devenait palpable. C'est Alesiu qui, dans le camp, se réveilla le second. Il sortit de la roulotte encore vibrante et toute retournée de la nuit d'amour des deux amants. Chavo et lui se retrouvèrent presque nez à nez. Autant étonnés l'un que l'autre de leur présence respective.

- Alesiu ! Tu as passé la nuit ici ? As-tu remarqué ce qui s'est passé ? Ça m'inquiète. Rosita avait ressenti quelque chose. Elle m'a dit : une nuit, le jeune Alesiu décidera de nous rejoindre et cette nuit-là, nul ne résistera aux flots !

- Comment est-ce possible ? Comment pourrais-je être à l'origine de tous les soucis qui accablent le village. Qu'il soit maudit. Est-ce que la communauté va me rejeter elle aussi ?

- Non, nous ne te mettrons pas dehors. Mais je pense que ta venue ici va engendrer des problèmes avec les tiens. Peut-être vaudrait-il mieux que tu retournes chez toi. Même pour toi c'est mieux. Je ne suis pas sûr que nous continuions d'être les bienvenus.

- Mais vous n'avez rien fait, et même si l'âme de cette île est puissante au point d'y attacher les hommes, elle n'appartient à personne. Et le peuple de cette terre a toujours su accueillir l'étranger.

- Non Alesiu. Je voudrais bien y croire. Mais cette fois il y a une raison qui me pousse à penser que ce qui se passe a réveillé une veille plaie mal refermée sans doute. Et comme on dit chez nous : Avant que ne viennent la haine et la bagarre, accroche ta caravane et pars ! Nous allons partir Alesiu. Quitte le camp il vaut mieux. Latcho drom* Alesiu.

- Mais...Non ! Non Chavo, je vous suis. Je n'ai plus rien à faire ici. Je veux être comme vous. Il n'existe pas de pays des gitans, mais grâce à vos pas incessants c'est vous qui faites rouler la terre sous vos pieds et c'est pour ça qu'elle tourne !

Alesiu et Chavo échangèrent un dernier regard. Il n'y avait rien à ajouter à tout cela. Parfois il faut savoir se taire. Et avancer. Alesiu allait bien partir. Mais chacun poursuivrait son chemin. Artemisa ne le retiendrait pas. Parce que son rôle était indispensable aux siens. Parce qu'elle serait la future Chavihani. Et ce voyage devait être le sien, le sien seul. Cette rencontre avec cet autre lui-même.

* Bonne route

C'est enfin Rosita, souffrante et appuyée sur sa canne, qui les rejoignit pour une prière et une pensée bienveillante adressées à Alesiu.

- *L'innocence c'est cette fleur au bourgeonnement perpétuel que tu gardes au creux de ton âme. Ne les laisse pas la cueillir sinon elle finira par se flétrir. Conserve-la dans le terreau divin de ton enfance.*

Artemisa dormait encore. Elle, comme le reste de la communauté, savait qu'il ne fallait pas se retourner. Que les choses allaient ainsi. Qu'il n'y avait pas à lutter, juste lâcher ce qui n'est plus, et accepter ce qui est. Pour accueillir à nouveau ce qui se présente. Dans la forme la plus pure. Innocence.

Le vide. Un trou noir. Une Implosion. Le piédestal de cristal venait d'éclater en milliers de fragments qui lui tailladaient les pieds à chaque pas. Ce moment particulier de sa vie n'aura été qu'un passage furtif. Il venait de le réaliser, le miroir s'était brisé. Il ne restait plus qu'à briser la glace qui figeait son cœur ne demandant qu'à battre chaleureusement. Plus qu'à aimer et être aimé. La traversée était brutale et douloureuse. Cette rencontre avait nourri tout son être. Et le trop-plein généré devenait une surcharge qui, ne pouvant être contenue, se déchargeât comme un coup de révolver à travers sa cage thoracique. Un incipit. Abonné aux débuts sans suite. Inscrit aux abandonnés absents. Une renaissance avortée dans l'œuf. La traversée du miroir n'était autre que de reproduire ce schéma inscrit, gravé en lui. Transmis par ceux qui l'avaient précédé. Le prendre en pleine face pour mieux en appréhender l'ampleur et l'effet. Lui, issu de nulle part. Le fruit d'un amour presque fictif, mystifié, fantasmé pendant toutes ces années. Comment survivre de nouveau à ce trou béant qui semblait se creuser un peu plus. En serait-il toujours ainsi ? Est-ce que chacune des étapes de sa vie ne seront qu'une succession d'expériences échouées ? Une vie aspirée par un vortex ouvrant sur le néant le plus total et obscur !

Le matin même, c'est toute une partie du village qui se dirigea vers le camp gitan. Armés, tous prêts à en découdre s'il le fallait. Le cortège était mené de front par Toussaint et vieille Saveria. On avait fermé boutique, rabattu les cartes sur tables de bars, laissé échouées les boules de pétanques au même endroit que la veille bien qu'une grande partie ait été emportée par les flots. La seule préoccupation du village était de se débarrasser de ce fardeau ravivant une histoire qui dérange. Chasser une communauté devenue trop encombrante. Mais surtout, faire en sorte que celui qu'il bannissait emporte loin d'eux l'origine du trouble. Celui par qui il se pourrait que tout bascule. Alors autant considérer ces manifestations climatiques comme le signe d'un malheur pouvant s'abattre sur tous.

Tout le village suivait ! Tous sauf un. Antò ! Qui, ne pouvant plus trouver de quoi se défouler, son potager anéanti et son terrain de golf totalement submergé, s'était retranché dans sa bergerie. Le sens de l'honneur, commun à son peuple. Mais aussi la honte. La honte de ne pouvoir assumer totalement l'engagement qu'il avait pris. Oui, il en avait fait la promesse. Il n'abandonnerait jamais l'enfant. Et il lui raconterait tout. Tout, le jour de ses 18 ans. Ce jour approchait, mais il ne s'en sentait pas la force. Il faudrait assumer ce poids du mensonge. Le non-dit, à la longue, devient mensonge. Et le mensonge devient complot lorsqu'il est collectif et partagé. Antò ne savait plus qui il devait protéger. Il avait fini par choisir. Se protéger lui. Rempli de remord, de culpabilité et de honte. Car se protéger lui, revenait à protéger le village. À casser le pacte qui le maintenait dans une amitié soi-disant éternelle. Elle était désormais rompue. Lâcheté. Trahison. Lâcheté et trahison, c'est tout ce qu'il lui restait à vivre. L'enfant, une fois loin le délestera certainement de cette responsabilité. Puisqu'il porte déjà le fardeau de tout le village il peut aussi bien endosser celui d'Antò. Oui son dos portait douloureusement le souvenir. Antò, la colonne vertébrale raidie, la nuque figée et les épaules lourdes, était prostré contre le mur de pierre froid. Il mordait sa couverture de laine jusqu'à saigner. Il voulait hurler. Hurler aussi fort que ces jours où le tonnerre déchire la plaine. Mais même dans la colère, sur cette île, on a fait vœux de silence. Au point qu'on la laisse nous grignoter de l'intérieur. Et pour les autres du village, Alesiu ne saura sans doute jamais. Qu'il parte. Et ne revienne jamais. Pour que l'histoire s'efface. Qu'il parte, c'est le seul moyen de mettre à distance le passé et ne plus avoir à l'affronter.

À l'arrivée au camp, Toussaint demanda à parler à Chavo. Tous les villageois n'en revinrent pas. Stupéfaction ! Ils étaient attendus. Chavo, vêtu de noir s'avançant en tête. Des deux clans, c'est lui qui s'approcha le premier.

- *Bonjour. Nous savons pourquoi vous êtes ici. L'enfant est parti. Et nous partirons. Nous vous demandons 3 jours. Notre Chavihani, la sage de notre communauté, vient de restituer son âme à dieu. Nous devons pouvoir respecter notre tradition et lui offrir des funérailles dignes. Trois jours, c'est ce que nous vous demandons. Car nous, gitans, sommes solidaires devant la vie comme devant la mort. Nous ne laisserons rien. Rien, sauf la caravane que nous devons bruler selon notre rite ancestral.*

- Vous savez notre attachement aux traditions. C'est plus sage de partir de vous-même. Nous vous laissons 3 jours, pas plus. Toutes nos condoléances.

Le village tourna le dos à la communauté, à son sens de l'hospitalité, à son passé. Alesiu ne pouvait, ne devait rien en attendre. Il fallait partir.

Je ne passerai pas par la case départ. Ce moment de ma vie est une fin. Si je veux vraiment savoir d'où je viens, ce n'est plus derrière moi que je dois regarder mais devant. Puisque l'on ne m'offre pas ce cadeau de mon histoire. Peut-être qu'en créant la mienne je pourrai retrouver la trace de mon vrai passé. Je ne passerai ni par la bergerie ni par le village. Je dessine ma route, je regarde loin devant. Plus à la manière figée de l'épouvantail que j'étais sur ma proue de granite rouge en scrutant un horizon statique. Mais dans ma propre dynamique. Transcendance. « *Deviens nouveau* » c'est cela dont me parlait Rosita. Changer ma perception des choses. Voir sous un autre angle. Et avancer toujours. Avancer toujours. Toujours.

Sur un morceau de papier déchiré de son cahier d'écriture, Alesiu demanda à Chavo de transmettre ces quelques lignes à Artemisa.

« *Parfois cette envie de ressentir de nouveau. Pour de vrai. Un souffle. Des mots échangés. Un bon plat. Un bon verre de vin. Une cigarette. Une musique. Une courte balade, avec cette bonne odeur de terre humide et de fumier. Et plus encore. Peut-être ? Quel plus ? Oui, quel plus ! Indélébile. Tatoué. Gravé dans la peau. Oui, la peau. Ce goût, ce parfum de fleur. Le saurai-je encore ? Demain ? Dans 10 jours ? Dans 10 ans ? Quand il faut ne garder qu'un frêle souvenir. Un soupçon qui s'est transformé en une éternité. Une éternité figée. Ce souvenir ! Bon et chaleureux. Il fait écho. Il résonne encore. À l'intérieur, il a tout bouleversé. Aussi furtif soit-il ! Il fait partie d'un tout maintenant. Un tout petit rien ? Non. Le petit rien n'existe pas. Car ce petit rien peut se révéler un Everest. Pas un Everest laborieux. Non. Un Everest puissant, droit et fier. Celui que l'on aime à contempler. Adieu.* »

Eio Alesiu

PARTIE III

PAR-DELA L'HORIZON, LA PSYCHE

Je quitte mon île. C'est probablement la plus grande épreuve de ma vie. Contraint d'abandonner ma terre et tout ce qu'elle m'a offert. Laisser Django. Impression de fuir. De ne pas avoir le courage d'affronter ce qu'est ma réalité depuis toujours. M'effacer, disparaitre. C'est finalement les laisser gagner. Partir et ne même pas la rejoindre elle. La laisser poursuivre sa route sans que je ne fasse partie de l'aventure de sa vie. Je ne suis décidément pas né pour des suites. Juste un incipit ! Ma vie n'est qu'un éternel commencement. Sans elle je ne suis plus que l'ombre de moi-même. Cette joie qu'elle a su mettre en moi s'est envolée avec elle. Et de nouveau je fuis ! Une fuite en avant vers l'inconnu. Sans vraiment savoir vers quelle destination. Le bateau qui me fait quitter ma terre trace le sillage. J'espère qu'il ouvrira la voie. Je suis moi-même surpris de ne pas être envahi par l'angoisse et la peur maintenant que nous quittons le quai. Alors même que la simple idée de ne plus être ici me semblait inaccessible. J'aime cette sensation, elle est presque chaleureuse. La sensation de lever le rideau devant et de lâcher des chaines derrière. J'aime être sur ce navire. Il n'a pourtant rien d'accueillant en apparence. Une coque d'un métal grossier et froid qui résonne sous les pas. Deux couleurs qui se déclinent à perpétuité et filent horizontalement le long des flancs. Un blanc pur et un bleu presque céleste.

Des bastingages d'un prosaïsme outrancier qui appellent à se pencher sur un panorama ouvert sur l'infini de la mer. Une mer qui, en ce jour particulier, est d'un calme pesant. Alors que mon énergie intérieure vit une sorte de révolte. Un feu brûlant d'impatience. Et cette odeur ! Mêlée de gaz lourds de la mauvaise combustion des moteurs laissant échapper par deux immenses cheminées carrées une fumée noire qui arrose l'ensemble du pont. De graisses épaisses dont on s'enduit les doigts si par malheur on pose ses mains à un mauvais endroit de la carlingue. Et tous ces gens. Qui s'amassent. Entre les gens pressés et les gens contents courent les cruels sourires des enfants. En d'autre temps ils m'auraient paru joyeux. Mais ils me rappellent trop ceux de la communauté. Et elle. Artemisa. D'elle, il ne me reste rien. Pas même une photo jaunie. Juste le terrible souvenir que j'emporte avec moi. L'intérieur du bateau est d'une austérité peu engageante. Une lumière blafarde qui éclaire une moquette sombre, lie de vin, piquetée d'un jaune rance. Tout cela pourrait paraitre suffocant les jours de grand changement. Malgré tout je me sens apaisé par cette atmosphère. Prendre le large me procure une certaine quiétude intérieure. Un parfum de nouveauté dont les volutes me font sentir que je suis vivant. Ce n'est pas habituel.

J'aime le souffle du vent sur le pont. Regarder une dernière fois le coucher de soleil rouge sang qui embrase le ciel sur cette presqu'île surmontée de sa tour au bout du golfe. Peut-être apercevrais-je le village un ultime instant. À une distance respectable cette fois. Certain que cela ne me manquera pas. Ne faut-il pas s'éloigner de sa source pour se trouver ? Plutôt qu'une source cet endroit devenait un puits à l'eau croupissante et figée. Être en lien avec Artemisa et sa communauté m'a fait comprendre que la source c'est l'Univers tout entier. Un flux continu auquel les gens du voyage sont reliés en permanence. Je commence à comprendre que ce qui me semble être des aléas sont en fait les opportunités, vers un possible changement. Même si a priori cela apparait comme des difficultés surgissant dans la douleur. Se laisser porter par elle. Ne pas être dans la lutte comme je l'ai toujours été. Sans doute à cause de ma nature sauvage développée face à l'hostilité invariable des gens. Ces gens figés dans les codes ancestraux. Un conservatisme aveugle et sourd. Le bateau m'emmène vers cet horizon inaccessible que je scrutais tous les jours. Tant de questionnements sans réponses ! La solution serait-elle le mouvement ? C'est en tout cas ce que me conduit à réaliser la prophétie révélée par Johnny et Rosita. Et au bout de la mer. La grande ville. Il parait que là-bas le soir venu tout s'illumine. Je serai un animal de la nuit. Massilia.

Elle a su accueillir tant de voyageurs. J'ai l'espoir qu'elle éclairera ma route. Puisque celle qui m'a donné la vie a quitté l'île, elle a obligatoirement transité par cette cité. Je fouillerai la moindre trace de son histoire pour y trouver un peu de moi. Tout ce que je sais, c'est l'endroit où je dois chercher. Plutôt dans quel monde. Comme une prémonition. Grace à cette rencontre. Artemisa. Le miroir. Il me dit de regarder du côté de l'art et de la nuit. L'ombre et le mystère. Et de cette ville, je n'ai qu'une seule adresse. Inscrite au dos de la photo de celle qui est supposée être ma mère. Peut-être inscrite de la main de mon père ? Mais pour le retrouver lui ? De quel côté chercher ?

Une nuit. Une traversée. Un instant à transpercer le temps. Ce fut pour Alesiu l'occasion de reprendre goût à son écriture. Le lien presque charnel avec ses pensées qui se matérialisaient sur ce cahier presque nu. Nudité de l'âme. Ce serait cela l'œuvre ultime ? Lâcher le masque. Rêve accessible dans l'immensité et l'anonymat de la ville. Briser la glace. Callé, le dos contre la cloison au milieu des couloirs étroits du ferry, les jambes à l'équerre étendues sur la moquette souillée par les relents d'intempéries, Alesiu instaura un instant de méditation en s'imprégnant de The Dark Side of the Moon qui tournait en boucle dans son walkman. À cet instant précis il l'avait ressenti : l'âme de la vieille

Chavihani venait de quitter son corps pour rejoindre le royaume divin auquel nous appartenons tous. Divin. Cela prenait son sens maintenant. Bien qu'Alesiu ne chérissait aucune croyance en un dieu. Plus encore il revendiquait un refus de la religion. Pas dans ce qu'elle a de recherche spirituelle mais dans ces préceptes dogmatiques qui conduisent à l'intolérance des hommes. Le divin n'est autre que ce lien à l'univers. Cette connexion à un tout unique. Cette connexion à nous-mêmes qui vient résonner avec cet ensemble que nous formons. Les hommes, les animaux, la nature, le cosmos. Infini. Le potentiel infini, là est le divin. À lui de s'y attarder, de s'y ouvrir pleinement. Cela ne sera possible qu'à l'aboutissement de cette quête incertaine de l'origine de sa naissance. Il devait savoir. Était-il le fruit de l'amour ? De quel amour ? Celui d'une femme et d'un homme qu'il ne connaissait pas ? Celui de cette mère et de ce père qu'il avait besoin de découvrir pour appréhender sa propre valeur à travers leurs regards jamais croisés ? Juste le temps d'un instant, le temps de retrouvailles même furtives, être reconnu d'eux. Alesiu laissa dériver la mine de son stylo puis s'endormit. Dans son rêve, le rapace ne parcourrait pas son île, il traversait la mer pour rejoindre ce pays en tous points semblable au sien. Pour rejoindre le pays des aigles, Shqiperia. Un aigle aux deux visages baignant dans une mare de sang. À qui appartenait ce sang ? Pourquoi le sang devait-il couler ?

Le réveil fut brutal, bousculé par les matelots qui commençaient à s'activer à asticoter les cabines entre deux traversées. Une voix grésillante beugla à réveiller les haut-parleurs en sursaut que l'arrivée aurait lieu une heure plus tard et annonça l'ouverture du bar et de la cafétéria pour pousser les usagers à la consommation d'un petit déjeuner continental fade et onéreux au milieu d'une mer iodée, revigorante et offerte.

Le matin, j'arrivais sur le quai poisseux et noirci. Pour sortir du bateau, j'empruntais la passerelle métallique dangereusement corrodée menant vers un débarcadère glauque où s'accumulaient déjà les voitures des continentaux allant rejoindre leur famille pour les fêtes, et des insulaires venant se ressourcer au pays. Les deux files en sens inverse s'épiaient d'un regard en biais médisant. Au bout d'une demi-heure, je réussis à m'extirper de cet imbroglio humain pour rejoindre la vie urbaine. Je fus saisi par la vue imposante sur une cathédrale de style byzantin, alternance de couches de pierres blanches et vertes, que l'on devinait sous un épais dépôt de suie laissé par la pollution de la ville. Malgré l'heure matinale et le peu de fréquentation des rues parallèles aux docks, l'ambiance semblait déjà électrique. Je m'empressais de ressortir le couteau de mon sac, pas certain que les regards me scrutant, le long des palissades de taule ondulée remplaçant les façades d'immeubles haussmanniens en friches, soient d'une ferveur bienveillante. Je décidais de bifurquer très vite de ces chemins de traverse pour rejoindre ce qui me paraissait le cœur de la ville. Il puisait son essence à partir de ce que l'on nomme depuis toujours « Le Vieux Port ». Je repérais très vite le lieu. D'abord à la vue de nuées de mouettes et de goélands qui s'amassaient autour d'étals de fortunes faits de tréteaux levés trop tôt et de vieilles portes sans convictions pour leur nouvelle fonction. L'odeur de poisson diffusait à mes narines un parfum d'authenticité. Surgirent alors les vociférations accentuées et exagérées des vendeurs qui couvraient jusqu'aux piaillements des gallinacées du quartier venues faire leur marché à l'aube pour ne pas rater les plus belles pièces. Qu'ils se soient connus il y a des siècles, ou bien juste croisés à la minute, j'avais l'impression que les gens se parlaient comme si depuis toujours ils avaient fait sécher leur linge à la même fenêtre. Je ne suis pas abonné à une telle ferveur. Chez moi, on regarde longtemps l'étranger du coin de l'œil, et on n'engage surtout pas la conversation. On observe. Si l'étranger ose enfin questionner malgré l'accueil dédaigneux, on ne répond pas du premier coup. Et lorsqu'on finit par répondre, c'est par des ellipses à l'humour d'un mystère des plus insulaires.

Cette ambiance me décida à m'approcher pour demander ma route. La grande ville, bien que je lui attache une certaine admiration, me semble un monstre oppressant de vies abolies. Des vies prises dans le béton qui s'altèrent de gris en gris. Un enfer sans bornes contrastant avec mon paradis originel. Je sortis de ma poche la précieuse boite de pastilles pour la gorge, pour jeter un œil à la photo. Je voulais m'imprégner encore de ce visage au cas où il passerait devant moi à cette heure d'affluence. Je fus interpellé par la marchande du milieu. Elle m'observait depuis un moment. Une bonne femme dépassant à peine les étals mais toute en générosité. Comme son physique, sa diction était ronde et son verbiage mal dégrossi. Je ne distinguais pas bien les traits de son âge. Son adiposité molle ne lui empêchait pas une ferme agilité. Elle écaillait, vidait, décapitait la pêche du jour comme aucun autre sur le Vieux Port.

- Oh Ninou ! Tu es là depuis un moment. Je ne t'ai jamais vu ici. Je te vois nous observer comme un animal perdu. Tu cherches quelque chose ?

- Oui ! Je viens chercher qui je suis. Mais pour le moment je dois trouver cette adresse.

- Ah alors laisse-moi finir, et je ne te dirai peut-être pas qui tu es mais au moins où aller.

C'est un endroit au bout de la ville. À peine arrivé, je me sens déjà happé par ce flux incessant. Il aurait pu m'oppresser d'avantage que je ne le suis dans mon environnement pourtant si habituel et calme. Mais là, je suis pris dans une soif de tout obtenir tout de suite. Je veux tout savoir vite. Je mérite que la vérité vienne à moi. J'ai fait le chemin, j'ai fait ma part. Le monde me doit bien ça. Ici, j'ai le sentiment que je pourrais enfin trouver des âmes qui seront capables de comprendre qui je suis. Et en même temps, je ne suis qu'un parfait inconnu. Ce que j'étais déjà chez moi. Ici, l'anonymat me fait du bien. Loin des regards pesant du village.

Marthe, la poissonnière me laissa au cœur de ce quartier populaire et ouvrier. Le cœur du village faisait suite à une zone portuaire en friche, où se succédaient les squelettes de grues monumentales dont le bleu délavé était moucheté de rouille. L'adresse qu'Antò m'avait transmise en même temps que la photo de ma mère menait au travers de petites ruelles escarpées sur la colline surplombant le port, prêt du bar le Calypso. Elle aboutissait sur un petit immeuble auquel on accédait par une courette pas plus grande qu'un placard à balais. Juste devant, un peuplier et un cyprès, et sur la façade de l'immeuble, une vigne grimpante. Une petite table ronde encore garnie de ce qui avait dû être le petit déjeuner du matin agrémentait l'endroit. Je ne savais pas vraiment pourquoi mais j'hésitais à sonner.

Une force extérieure semblait vouloir me préciser que ce que je trouverais derrière cette porte ne m'apporterais pas ce que j'attendais. Après trois tours de ma conscience je finis par toquer à la porte, mais personne ne m'ouvrit. Ce fut finalement une jeune femme blonde aux yeux bleus verts et à l'allure élancée qui, entrouvrant ses volets, me fit des signes avec des gestes encore cernés par un sommeil trop court. Étonné de ne pas trouver les bons occupants, je lui demandais s'ils habitaient encore les lieux.

- *Ça faisait déjà plusieurs mois que plus personne ne vivait ici avant moi. Je ne connais pas les précédents occupants. Je viens tout juste d'emménager.*

- *Ce sont des proches de ma famille. A priori ils connaissaient mes parents.*

- *Aller viens je peux surement t'aider, je t'invite à boire un café chez moi.*

Mallaurie, venue de Paris. Presque trente-deux ans. Ils passèrent la matinée à parler de leur parcours. Elle venait de province puis était partie faire carrière à la capitale. Malgré la réussite, elle venait de décider de changer de vie pour se retrouver. Sans doute n'avait-elle pas pris le bon chemin pour que la réussite soit celle du cœur. Elle avait réussi ses études, réussi son ascension, réussi à briller. Mais sa vie de femme lui avait échappé au fur et à mesure qu'elle avançait. Comme c'est paradoxal. Elle avait cette nécessité de garder le contrôle, le besoin de tout maitriser, et pourtant les choses lui avaient bel et bien échappé. Filé entre les doigts. Alors qu'elle semblait avoir tout en elle pour refermer sa main et saisir ces petites choses qui auraient réchauffé son cœur. Elle oscillait en permanence. Entre son hypersensibilité lui montrant le chemin de son authenticité profonde et un besoin d'adhérer à un idéal dicté par son éducation, son histoire et ses peurs entravant sa capacité à agir selon son libre arbitre. Elle luttait à la recherche de joie et de douceur, de tout ce qui fait les petits bonheurs, alors que le prix de tout cela n'est autre que la simplicité.

Elle évoqua toute la soirée son métier. Qu'à la fois elle reniait farouchement, comme pour se convaincre que la transformation qu'elle essayait d'opérer avait bien pris, mais dont elle parlait passionnément tant il était relié à un désir profond et à un rêve d'enfant. Maintenant, elle voulait changer de vie, de métier, de façon d'occuper son temps, de façon d'aimer et d'être aimée. Elle voulait le soleil et la mer. Des merveilles et du mystère. Mais aussi tout et son contraire. Alesiu expliqua. Son île. Son village. L'abandon et le rejet. La déception et le désœuvrement.

Artemisa. Son alter ego. Celle qui lui avait fait découvrir ce qui existait profondément enfoui en lui mais qu'il n'avait encore jamais osé explorer. Il le savait, il était là pour ça maintenant. Le temps passa, suspendu. Alesiu ne savait même plus vraiment la raison qui l'avait conduit ici. Il était ici, et maintenant. Mallaurie, qui d'ordinaire passait du coq à l'âne dans une hyperactivité compulsive, s'était, elle aussi, accordé le pouvoir de l'instant.

- Alesiu je dois faire un saut au marché, qu'est-ce que tu souhaites faire ?

La question arriva, mais le désir de Mallaurie de garder Alesiu auprès d'elle, se manifesta de façon détournée. Mallaurie donna la responsabilité du choix à Alesiu. Comme pour ne pas montrer le moindre soupçon d'un attachement naissant.

- A vrai dire je n'ai ni impératif, ni endroit où aller. Je peux t'accompagner si tu veux. Et ensuite tu pourras peut-être m'éclairer sur les gens qui étaient là avant toi ?

- Alors très bien reste manger, je vais acheter du poisson, tu aimes ça ?

Après un tour au marché, et une belle dorade. Une flânerie le long des quais et quelques accolades. Mallaurie et Alesiu rentrèrent. Ils échangèrent encore de nombreuses paroles autour d'un verre. Et à quatre mains préparèrent le déjeuner du midi, dans une volonté commune de partager quelque chose d'authentique et vrai. De se mettre à nu sans jugement. Et c'est nus qu'ils finirent après le repas. Enlacés l'un contre l'autre pour sentir leur corps. La fraicheur de leur peau qui frémissait de désir comme le poisson dans le four quelques instants plus tôt. Mallaurie avait connu des hommes. Mais bien souvent choisis pour dominer son caractère peu docile. Des hommes dans la volonté d'assoir leur pouvoir viril. Dans la volonté de prouver. Cette fois, il n'y avait rien à dire. Ni à expliquer, ni à guider. Malgré le peu d'expérience et son jeune âge, Alesiu savait où aller. Attentif à chaque soupir, il se laissait guider par la partition de son corps. Elle était tellement perceptible dans ses non-demandes régulières, qu'il ne lui était pas difficile de passer de la douceur dans les caresses à la brutalité entre ses fesses. Elle aimait à se laisser surprendre. Se laisser prendre. Un corps presque familier. Longiligne comme cette photo dans sa boite. Une peau douce et claire. Des seins fins et gourmands. Un sexe dépourvu de toute pilosité frais et sucré comme un bonbon. La valse de leurs caresses, la persistance des courbes dynamiques dessinaient un tableau sur lequel fusionnaient les couleurs chaudes de leur désir ardant en aquarelles intimes. Ils passèrent l'ensemble du week-end à faire l'amour, à flâner le long des bords de mer.

À s'assoir sur les plages de galets pour regarder l'horizon. Mallaurie posant sa tête sur l'épaule du jeune éphèbe en pleurant à chaudes larmes. *« Avec toi je suis bien, avec toi je vis l'instant. »*

Mallaurie avait cette force d'âme presque masculine enfermée dans le corps encore fragile d'une petite fille ne demandant qu'à recevoir de la douceur. Elle trouvait en Alesiu son rêve d'évasion, celui de s'abandonner à l'autre sans contrainte. Le sauvage éloigné du guindé, du bourgeois et du bien propre de la capitale. Le lâcher prise. Alesiu se sentait dans la nécessité de trouver un cadre pour ne plus se laisser déborder par la perte de contrôle lorsque ses émotions le submergeaient et l'entrainaient dans la spirale infernale de son mental. Il n'avait plus le repère de son éperon de granite rouge, plus le lien avec son fidèle compagnon, la nature et les bêtes, plus la passion intense et cet écho trouvé auprès d'Artémisa. Cette rencontre à cet instant. Comme le rebond d'un caillou lancé à la surface de l'eau. Ricochet après ricochet. Cette rencontre était celle qui lui fallait ici et maintenant. Au point qu'il en oublia la raison de sa venue. Retrouver la trace de ses parents. Mallaurie n'avait rien à voir avec eux. Elle ne connaissait même pas les précédents occupants de l'appartement. Et pourtant quelque chose semblait déjà les relier !

Une chose presque magnétique. Un attachement, une dépendance. Même si elle avait eu des difficultés à se dévoiler totalement jusque-là, Mallaurie finit par avouer qu'elle connaissait son île. Pas pour y avoir mis les pieds. Mais pour avoir entendu bon nombre d'histoires racontées par sa grand-mère. Sa grand-mère. Une femme de caractère, issue des montagnes du cœur de l'île. De ce village qui fût la capitale durant la période où le peuple avait réussi à fonctionner en toute autonomie. Avec sa citadelle s'y élevant fièrement. Accrochée sur un piton rocheux pour montrer la solidité du peuple à vouloir préserver le sens de l'histoire. Et, trônant au centre du village, la statue de celui qui avait porté la rébellion face au royaume soumettant l'île.

Mallaurie avait dans ses veines un quart de cette sève sauvage. Alors que rien, ni dans les faits, ni dans le fil de leur histoire ne les reliaient. L'univers mettait sur la route d'Alesiu encore un peu de lui-même. Sans questions ni projections, il fallait vivre ce moment.

Alesiu et Mallaurie passèrent sept semaines l'un avec l'autre. Tantôt très proches comme deux enfants, à discuter interminablement, tantôt distants, Mallaurie ne supportant pas tant de proximité. Leur relation oscillait entre lâcher-prise et hyper contrôle. Mallaurie avait les cartes en mains et sortait les jokers lorsque cela lui chantait. Alesiu se contentait de l'offre, mais s'éloignait peu à peu de lui-même. De son île, de son écriture, de sa quête. Coupé de lui-même. L'hiver prenait sa place. Le froid, la pluie, le mistral. L'hiver figeait les silhouettes, cristallisait le moindre végétal. L'hiver achevait de son souffle la moindre feuille morte. Pour autant, la frénésie des fêtes avait mis toutes les âmes en ébullition. Et remplissait les rues du matin au soir. Chaque individu en quête du plus beau cadeau, du plus gros, du plus cher ou du plus clinquant. Une manière pour tous d'exister, de se sentir vivant. De se trouver des points communs. De sentir le partage en étant reliés par le don matériel. Et pour tous ceux-là le moment des fêtes était bien souvent le seul et unique moment des retrouvailles. Une fois l'an. Parfois celles des querelles familiales. Des retrouvailles permettant d'afficher son ascension sociale. Son paraitre plutôt que son être. Celles du plus bel intérieur. Pas de la beauté d'âme. Non. L'intérieur cuir de la nouvelle berline, ou de la dernière déco du salon dans un style colonial. Voilà ce qu'Alesiu percevait des fêtes de Noel. Les siennes s'étaient jusque-là résumées à un feu de cheminée avec Django et Antò. Sans parades, sans chichis. Des moments austères certes. Mais sincères.

En cette veillée de noël, Mallaurie et Alesiu s'offrirent une douce soirée, accompagnée d'un repas de circonstance bercé par la chaude et virevoltante lumière des bougies judicieusement disposées. Leurs conversations se mêlaient à la voix suave de Paolo Conte qui tournait en boucle sur un vieux vinyle crépitant de Mallaurie. La nuit se termina entre une bouteille de Champagne et une mutinerie des corps sur le dernier accord de Sparring Partner. Le réveil fut court et brutal pour Alesiu qui n'avait pas senti venir l'orage.

- *Alesiu je suis compliquée, tout prend des proportions qui me dépassent. Tu sembles déjà t'attacher.*

- *Mais, et toi. Et toutes ces belles phrases que tu m'as dites ? Cela ne signifiait rien ? Toutes ces larmes qui semblaient t'emplir de joie ?*

- *Ma grand-mère disait toujours « Làcrima di donna hè funtana di malizia »*. Elles étaient vraies au moment où elles étaient là. Je ne ressens vraisemblablement pas la même chose que toi.*

- *Qu'est-ce que tu veux ?*

- *Je ne peux pas m'engager, je ne veux être responsable de rien. Toi qui avance avec ce passé que tu cherches à connaitre, alors que moi je fuis le mien !*

Encore, et encore. Abandon et inconscience. Pourquoi les gens ont-ils cette facilité à tout lâcher sans remords ? Cela semble être mon sort. Mes parents, Antò, Artemisa et maintenant la suite logique. Abandonner, c'est une forme de lâcheté.

* Les larmes des femmes sont des fontaines à malice

Et en même temps, je ne peux que comprendre Mallaurie. Elle fuit, encore et encore. Comme elle l'a déjà fait auparavant. Cette fois, avec une forme de courage. En bousculant une vie déjà bien réglée depuis des années pour sortir de sa zone de confort. Et quand elle a peur de lâcher trop de lest et de se perdre à nouveau, elle reprend les rênes pour se sentir sécurisée. Elle est tellement belle dans son inconstance. Même si elle n'ose pas elle-même rompre le lien, elle semble tellement bien assumer les conséquences. Elle est belle dans cette force apparente qui est aussi sa plus grande vulnérabilité. Ce besoin d'idéal et de perfection. D'une belle exigence jamais atteignable. Toi aussi tu as ta quête. En verras-tu la fin ? En verra-t-on la fin ? Toi et moi. Même si ce toi et moi n'existe pas. Je te le souhaite... Je me le souhaite aussi.

- Alesiu, avant de partir, je dois te montrer. Ce qui restait ici, dans le tiroir de la vieille commode quand je suis arrivée. Cela m'a surpris, car ça me ramenait vers ce que je venais juste de quitter ! Tiens prends cette lettre, puisse-t-elle t'aider plus que je ne peux le faire.

Sur l'enveloppe qui porte l'adresse de Malaurie, le cachet sur le timbre rouge à l'effigie de Marianne me fait comprendre que je n'avais que quelques mois, pour ne pas dire quelques semaines. À l'intérieur, un polaroïd carré. Jauni et pas très net. Au recto, sur le premier plan de la photo, le visage de cette même jeune femme brune devant la tour d'acier pyramidale qui s'érige fièrement tout comme le petit mot au verso sans doute écrit de sa main. La même beauté ténébreuse qui figure depuis des années sur l'image imprimée au fond de ma rétine et que je conserve dans sa boite d'origine. Un mot court mais d'une écriture assurée. Trop assurée.

- Ça y est, enfin j'y suis. Mon rêve à portée de main. Faleminderit ! Eni »

Son rêve ? Paris ? Mon père et ma mère s'étaient-ils exilés là-bas en m'abandonnant ? Un enfant non désiré. Mais elle ne parle que d'elle. Elle n'a pas écrit « *nous y sommes !* », juste « *j'y suis* ». Comme moi, aurait-elle fui le village ? Peut-être même mon père ? Je ne sais ni où, ni pour qui, ni vraiment pour quoi, mais je dois m'y rendre. Et son rêve ? Peut-être qu'elle aussi faisait un rêve chaque soir ?

Partir sans son enfant. Il faut une raison plus que valable, ou certainement inavouable. Elle laisse son enfant, et affiche un sourire béant en expliquant qu'elle est en train de réaliser son rêve ! Ces deux êtres étaient-ils si peu matures pour concevoir un bébé dont ils voulaient de toute façon se débarrasser ? Abnégation. L'incompréhension nourrit ma haine.

Peu importe si elle est mon moteur. Je les retrouverai.

Et ce dernier mot, « *Faleminderit* ». Que signifie-t-il ?

Deux jours plus tard, je quittais cette ville, et la méditerranée. Marseille, la belle négligée. Entre ruelles souillées et calanques immaculées. Au même moment, juste là, tout près, un groupe armé d'Algérie était en train d'être délogé du vol 8969 d'Air France reliant Alger à Paris par les forces d'intervention spéciales, dont ils avaient pris en otage les 220 passagers deux jours plus tôt. Le monde semblait se scinder. Au point que des humains marchandaient la chair d'autres humains. Je n'ai pas d'autres choix que de voyager en train.

Je quitte cette ville avec un peu de tristesse. D'abord parce que je n'y ai pas trouvé tout ce que je cherche. Mais aussi parce que j'y ai développé un certain attachement. Pas juste du fait de cette relation qui me montre à quel point je recherche à chaque fois une forme de miroir pour m'accepter tel que je suis. Pour accepter que mon univers intérieur soit celui qui me fait vraiment du bien. Mais un attachement à cette ville elle-même.

Le mouvement. Le roulis du train berçait Alesiu qui regardait à travers le large carreau du TGV reliant Massilia à Paris. Une fenêtre sur le monde, sur la France profonde. Celle des villes et des campagnes.

Celle des clochers et des champs. Tout ce monde qu'il n'a jamais approché et qui défile sans qu'il ne puisse l'atteindre.

De son sac, Alesiu extirpa son carnet à la couverture de cuir. Ce court moment avec Mallaurie ressurgit dans la mélancolie du soir s'installant doucement et recouvrant d'un voile d'incertitude l'espoir de retrouver ceux par qui tout a commencé. Son carnet de note posé sur la tablette du siège de devant qu'il venait de rabaisser, Alesiu reçut l'appel divin des mots, extirpés du fin fond de ses entrailles.

« *Je l'aimais tellement ce moment où j'avais ma serviette de bain qui m'attendait chez toi. Suspendue. Comme le temps que nous savourions seconde après seconde lorsque nos mains se rejoignaient. Je l'aimais tellement ce temps où mon corps humide en sortant de ta douche retrouvait l'odeur de ta lessive mêlée à celle de nos ébats encore chauds de l'instant d'avant. Rien ne nous retenait, rien ne nous attendait. Juste un poisson frais préparé à quatre mains en train de griller au fond du four. Tout allait au fil de l'eau. Cette eau méditerranéenne que nous regardions côte à côte un verre de rosé à la main alors que le soir nous enveloppait. Tout s'apaisait, l'instant présent nous submergeait, nous reliait. Sans un mot je te comprenais, juste tes yeux lumineux, ton sourire radieux et ton souffle léger et ample. Une caresse dans tes cheveux, un baiser sur ta tempe je me sentais doublement plein. Complétude. Et ce matin je reprenais mon chemin. Complémenté. Sans un manque, mais avec cette chaleur au ventre et le sourire à la commissure de mes lèvres qui conservaient le goût sucré des tiennes. Voici les quelques mots que j'avais juste écrits pour toi Mallaurie.*

Rejoins-moi loin de Paname

Dans le sang la même veine
Cette histoire où coulait la Seine
Ton âme se cherche hors d'haleine
Echo de la lumière et du Zen

Lâcher la folie "Mad in China"
Décrocher le rêve à bout de bras
Sentir la mer du bout des doigts
Tu le sais déjà qu'ici c'est chez toi

Rejoins-moi loin de Paname
Fuir la misère et les drames
Laisse s'élever ta flamme
Rejoins-moi loin de Paname

Toujours les crises, les mêmes scènes
Agonie d'une histoire qui m'enchaine
Règne de colère et de haine
Léthargie succédant à la peine

Rêve de théâtre, de cinéma
Écriture face au trépas
Exalter le corps aux abois
Sois ma reine et moi ton roi

Rejoins-moi loin de Paname
Fuir la misère et les drames

Laisse s'élever ta flamme
Rejoins moi loin de Paname

Des ponts pour rejouer la scène
Nos cœurs en écho et nos corps qui réclament
Ensemble plus la même rengaine
Du simple, du léger sans auto-game
Ou la liberté reste souveraine
Et la complicité devient la trame

Rejoins-moi loin de Paname
On est bien loin de Paname
Dans la lumière de nos flammes

Eio Alesiu

On m'a tellement parlé de cette capitale chargée d'histoire. Peut-être sera-t-elle chargée de la mienne ? J'emprunte encore ce mouvement. Le train me parait être une machine à voyager dans le temps. Ce paysage qui défile à toute allure comme pour rattraper l'horizon. Ma décision est prise. Ne plus être dans une course effrénée dans cette recherche jusqu'à maintenant demeurée infructueuse. Plus je cours plus j'ai ce sentiment de m'éloigner de moi-même. De me refuser ce que l'on refusait pour moi. Je finis par me substituer à eux. Mon mental est en train de prendre leur place. Il est tellement imprégné. C'est maintenant l'absence de cette oppression permanente qui crée le manque. C'est pourtant d'elle que je tentais de m'éloigner. Sur ces dernières réflexions, Alesiu s'endormit jusqu'à l'entrée en gare de Paris, Paris-Gare de Lyon.

Je débarque. Comme un extraterrestre qui vient de quitter sa planète pour découvrir une galaxie inconnue. Je pose mon pied sur ce quai immense baigné d'une lumière aveuglante et fade qui donne à tous les individus un ton pâle à faire pâlir un spectre sous son drap immaculé. Ce mastodonte froid de verre et d'acier engouffre sans vergogne, le long des allées de béton rectilignes et figées, toutes ces âmes fantomatiques aux pas automatiques qui transitent vers un paradis artificiel. Et tous courent vers la sortie du hall comme attisés par un air frénétique mais que j'imagine pourtant tellement suffoquant. On passe des quais noircis à une esplanade d'un blanc aseptisé leurrant jusqu'au plus réfractaire à la civilisation moderne, laissant penser que la seule issue vers la lumière est ici. Sur l'esplanade, un fourmillement sans foi ni règles où s'entrechoque une diversité qui se lorgne d'un regard en coin inquiet. L'atmosphère est portée par le mélange assourdissant des piaillements des voyageurs, les bavardages fragmentés des pigeons et le crissement strident dû au freinage des trains. Sur les arches métalliques, régulièrement disposées, des horloges toutes rondes cerclées d'or et floquées de chiffres romains annoncent, de leurs aiguilles semblables à des flèches de bronze pointant et filant sur nous, une heure très tardive qui me rappelle que je n'ai encore aucune idée de l'endroit où je pourrais passer la nuit. Ici, ce sont les pas précipités des gens surexcités qui imposent au temps son tempo. Alors, les pendules luttent pour tenter de battre encore la seconde. Le fronton de la gare en face des quais dénote par ses imposants arcs-boutants en pierre de taille. On croirait presque celui d'une cathédrale. Sur le bas, une brasserie pour les gens pressés par l'horaire imposé de leur départ imminent porte le nom « L'express Bleu ». À l'étage, auquel on accède par deux escaliers latéraux aboutissant à une passerelle, s'ouvrent trois immenses arcades de verre finement drapées. Celle du milieu porte une enseigne lumineuse bleue qui suit la courbure de l'arche « Le Train Bleu ». À l'intérieur, au centre de l'établissement, on distingue un impressionnant lustre, une cascade de lumière laissant deviner le prestige du lieu. N'ayant pas les moyens de m'offrir la carte gastronomique, je me contenterai de la terrasse du bas pour profiter un dernier instant de ce lieu de transition, avant le grand saut vers la Grande Ville. Pour combler ma faim je m'offre « Le Parisien ». Moi qui m'imaginais un plat guindé, raffiné et inaccessible au sauvage que je suis. Qu'elle surprise de croquer dans un simple jambon-beurre !

J'avais découvert la capitale sous son mauvais jour. En arrivant un soir. Sans plus vraiment d'espoir. Comme après avoir lancé un caillou à la surface de l'eau avec un angle si étroit que la pierre avait sombré à la verticale à peine le contact établi. J'avais erré une bonne partie de la soirée l'esprit et le cœur vides. Comme anesthésié par ce que je venais de vivre depuis le départ de mon île. J'avais peur. Peur de cet éloignement. Peur de me détacher de moi-même. Comme si le déracinement allait m'assécher de l'intérieur. Jusqu'à calciner mon cœur déjà asphyxié. Jusqu'à le réduire en poussière. Je ne me sentais pas oppressé par le regard des gens comme ce fut le cas au village. Comment pouvait-il en être autrement ? Dans ce gigantisme où chacun est reclus sur lui-même. Où un bonjour est presqu'une agression. Un sourire, une insulte. Un fou rire au milieu de la foule, un attentat à la pudeur. J'avais fini par trouver refuge dans un vieil hôtel miteux entre Pigalle et Montmartre. Je n'arrive pas à distinguer qui de l'hôtel ou de la tenancière est le plus ancien. Elles craquent à chaque mouvement, les marches de l'escalier étroit qui montent aux étages pour distribuer les chambres. Elle fuit de tous côtés, la patronne de l'hôtel. Assise toutes les heures de la journée et de la nuit accrochée à sa caisse enregistreuse, telle une dame pipi. Si bien que la réception pue tout autant que des W-C au fond des gares du métropolitain.

Le mobilier est rudimentaire et d'aucune époque. Tous les espaces sont étriqués. Chaque recoin de l'hôtel ressemble à un couloir. Les chambres, toutes semblables, ne peuvent accueillir qu'un grand lit déglingué, et le bagage de l'occupant. Dans l'angle opposé à la porte d'entrée, un petit lavabo crasseux. Je ne sais pas distinguer si la couche moelleuse sous mes pieds est faite d'une moquette épaisse ou d'une accumulation de moutons de poussière entremêlés aux cheveux et autres résidus humains jonchant le sol. La douche, une seule pour tout l'hôtel, se trouve au premier étage. Faite d'un bac carré en émail blanc que l'on referme par un rideau de plastique moisi.

La chambre d'Alesiu se situait au bout du couloir, troisième porte à gauche. Le matin on assistait à un défilé dans un concert de grincements, de claquements de portes et d'injures dans toutes les langues du monde. Il fallait redoubler de stratégie pour passer à la douche sans devoir faire la queue des heures sur le palier. En arrivant au bon moment pour ne pas se faire subtiliser la place. Chaque matin c'était le même rituel. Alesiu était pratiquement le seul résident habituel. Les occupants, pour la plupart des touristes rêvant d'exotisme entre le quartier des artistes peintres exhibant un art bon marché et celui des pratiquantes du plaisir de quatre sous. Les touristes, des asiatiques, des germaniques, des sud-américains, et parfois même quelques russes. Pour la plupart, des touristes peu fortunés qui avaient trouvé un hôtel à moins de 150 frs la nuit. Et pour lesquels, force était de constater qu'elles les valaient bien. Alors très vite les touristes repartaient. Les quelques économies transmises par Antò s'évaporaient si vite qu'il serait bientôt temps pour Alesiu de trouver un moyen de se renflouer au risque de terminer à la rue.

Cette ville me fait peur. Elle peut tout offrir mais aussi tellement tout reprendre. La misère se croise tout autant que la bourgeoisie empruntée des faux bourgs. Lorsque l'on déambule dans les rues on passe d'un effroyable à un autre. D'un excès à l'autre. Du sublime à l'horrible. Au début ça m'a donné la nausée. Et puis j'ai compris. Compris que la vie est faite de ce double jeu. De ce double « je ». Que le merveilleux n'a de raison de vivre que parce qu'il côtoie l'affreux. Ce que j'ai le plus de mal à accepter, c'est l'incapacité des hommes à transformer l'affreux. Et leur incroyable aptitude à noircir le gris. Notre part de sombre qui souvent domine. J'ai connu ça au village tant d'années. Ici je vois la même chose. Les gens se toisent, sans même se regarder ils se toisent. Les gens s'étiquettent, sans même s'écouter ils s'étiquettent. Les gens s'agressent, sans même se toucher ils s'agressent. Les gens se maudissent, et pourtant ils prient. Ils prient parce qu'ils ont peur.

Ils prient un dieu. Un être cher. L'univers. Un objet précieux. Ils ont peur parce qu'ils ne s'aiment pas eux-mêmes. Parce que comme moi, ils n'ont pas trouvé leur place. Alors ils courent dans tous les sens dans une mobilité statique. Rigide. Figée. Essoufflée. Un mouvement initié mais avorté. Parce que c'est plus simple de ne rien faire. Rien faire de différent de ce que l'on nous a appris. Nous dés-aimer.

Le printemps commençait timidement à s'installer. C'était, ce qui serait le plus dur à intégrer pour lui. La frivolité, l'excentricité du climat. Et avec ce début de saison mitigé, un mal envahissait tout le pays. Tous les médias en faisaient leurs gros titres révélant l'ampleur de ce que tout le monde ignorait. Chaque page de journal, chaque émission de radio, toutes les infos de la télé amplifiaient la nouvelle.

Je la découvrais avec stupeur au journal de 20 heures sur un vieux téléviseur dans une brasserie du Boulevard du Temple. Appuyée par des images de vaches tremblantes, d'hommes politiques aux abois, d'éleveurs au ton élevé, de centres d'équarrissages ensanglantés, et de scientifiques ébouriffés en blouse blanche, et aux lunettes entourloupées ; la présentatrice endimanchée débitât un long et solennel discours sur l'étendue du phénomène :

155

« Nouveau cas de décès, le 10ᵉ en France, des suites de la nouvelle forme de la maladie de Creutzfeldt-Jakob. Les autorités annoncent dorénavant l'embargo sur les viandes et les farines animales en provenance de Grande Bretagne. Depuis 10 ans le Royaume Uni exportait toujours chez nous ses farines alors qu'il en avait interdit la vente sur son sol. Il semblerait que ces farines d'origines animales et particulièrement celles en provenance du mouton aient pu être porteuse d'une protéine, le prion. C'est ce prion qui est sans doute la cause de la contamination ayant entrainé l'ESB dans un certain nombre d'élevages bovins. Epizootie qui se propage certainement depuis quelques années déjà sans que nous le sachions. Les scientifiques n'ont pas encore pu démontrer si c'est cette Encéphalopathie Spongiforme Bovine qui a entrainé la maladie de Creutzfeldt-Jakob chez l'homme en passant la barrière des espèces par la consommation de viande bovine. C'est une crise sans précédent pour la filière viande en France. Déjà 30 à 40 % de chute des ventes de bœuf sont à relever. Les français ont donc massivement décidé d'adopter le fameux principe de précaution, en arrêtant de consommer de la viande. C'est pourquoi, sous la colère des éleveurs, le gouvernement répond d'ores et déjà à cette situation en mettant en place un plan de crise. Un embargo, l'abattage massif des troupeaux contaminés en dédommageant les éleveurs, ainsi que la création d'un *label de Viande Nationale. La question est maintenant de savoir depuis combien d'années la maladie circule et combien de personnes ont pu être contaminées. Il se peut que des milliers de cas humains surviennent dans les 10 à 15 prochaines années. Les contrôles se multiplient, mais encore aucun laboratoire n'est en mesure de détecter le prion. La seule solution pour éradiquer l'épizootie, et éviter la propagation à l'homme, sera sans doute l'élimination de millions de bêtes. »*

Non je ne suis pas en train de lire le dernier Stephen King, ou un passage de « Fondation » d'Asimov ! Nous sommes tous empoisonnés ! Parce que nous avons consommé de la viande. De la vache malade ! C'était pourtant une évidence ! Comme tous les animaux, la vache est sacrée. Elle a besoin de grand air, d'herbe bien verte et de soleil. Empoisonnés par notre arrogance. La vache rendue folle par la folie de l'homme ! Par notre désir de performance. Produire toujours plus et pour toujours moins cher. Ce sont toutes nos habitudes de consommation qui doivent se transformer. Elles ont conduit à la catastrophe. Et peut-être plus que tout le monde je suis stupéfait ! Nous qui, sur notre île, élevions nos bêtes en liberté dans une nature sauvage, dans leur espace originel. Sans pratiques intensives. Dans le plus pur respect de notre terre.

Je découvre que pour la productivité et le gain, les hommes nourrissaient leurs bêtes de leurs propres carcasses !

J'avais pris mes habitudes. Je commençais à me familiariser avec certains endroits de la capitale. Une façon pour moi d'instaurer mes petits rituels pour me sécuriser. Malgré l'affolement général qui enflait de jour en jour, je ne me sentais pas impliqué dans cette crise. Je ne consommais que peu de viande auparavant et surtout je n'avais pas succombé à la tentation de la restauration rapide bon marché en arrivant ici. Et si la maladie comme je l'avais compris, est à évolution lente - 10 ou 15 ans - cela me laissait le temps de finaliser ce vers quoi j'avançais. Ces derniers mois n'étaient pas riches d'enseignement concernant ma quête pour retrouver mes parents. Mais je prenais gout à la vie qu'offre Paris. Emprunte d'une liberté sans borne. Ici personne ne vous calcule. Sauf à vous demander l'addition. Paris est une belle chargée d'histoire. Même si elle semble froide, elle sait se faire désirer au fur et à mesure que l'on pénètre ses entrailles. A Paris ! Les pierres suintent l'histoire. Même la nuit. La nuit suinte les histoires. À Paris. La nuit. Tout s'oppose. Tous s'unissent. Ils viennent de tous côtés, de tous les coins du monde. Le souffle court de la journée s'estompe. Et le sourire prend forme dans la nuit éclairée de Paris. Je me surprends à devenir un animal nocturne. La nuit m'apaise et m'inspire. Paris est faite pour la nuit. Parée de ses habits de lumière, ses rues ornées de trottoirs pavés sont comme des miroirs les soirs de pluie. Il y a une magie qui s'installe et vous enivre. L'excitation des gens retombe. Les tensions s'apaisent, tout ce beau monde semble bercé et uni dans un élan solidaire, la nuit. La nuit, les visages sourient. La nuit, les visages s'irradient. La nuit, les masques tombent. Il est là le paradoxe de la nuit à Paris. Tout ce beau monde se côtoie. Il y a ceux du cœur de la ville, ceux des banlieues. Si on les distingue bien le jour, surtout au sens de circulation qu'ils empruntent dans les trains, à leur tenue de travail, impossible d'avoir cette envie de faire une distinction le soir. Le soir, on a lâché le temps. La nuit, on ne court plus, on vit à Paris ! Et c'est comme ça que j'y ai pris goût ! Tous ces gens dans les restaurants, dans les bars. Les files au cinéma, devant les théâtres si grandioses. Je m'offrais parfois ce luxe. Même si à chaque fois le prix de ma place ne me permettait d'accéder qu'à un petit strapontin derrière une grande colonne ne me laissant qu'un angle de vue restreint sur la magie qui s'opère sur la scène. Ces gens qui s'animent l'espace d'un instant. Qui de leurs mots et de leurs gestes créent sous nos yeux toute une vie imprégnée. Le théâtre c'est copier le monde. Imiter la vie pour comprendre et accepter les aspects que l'on refuse. Comme à travers mon écriture, ces acteurs font ressurgir et exacerber leurs propres émotions en revêtant un personnage qui n'est pas eux. Un délire autorisé, celui que l'on s'interdit en société. Le théâtre me passionne chaque jour un peu plus. Face à ma propre situation. Moi, orphelin rejeté de tous, je vois là l'étendue des possibles que la vie peut nous offrir. Le théâtre me fait vibrer. Il est le voyage sans se déplacer. Il est le mouvement. L'impulsion de vie, tout simplement. Et puisqu'il me montre que plusieurs choix sont possibles, je choisis le mien. Avancer toujours, avancer toujours. Comprendre, peut-être ? Derrière ce rideau rouge velours, tout est permis. Derrière ce rideau rouge velours, la vie s'autorise sans tabou. Alors je ne m'arrêtais pas d'écrire, encore et encore. Je n'avais pas le talent d'un peintre, mais je tentais de décrire chaque détail des cadeaux que mes sens m'accordaient. Avec ce même regard toujours contemplatif, les yeux écarquillés comme un enfant vierge de tous soupçons. Comme je le cultivais tant sur mon île. Je contemplais tellement Paris que bien souvent je me surprenais à oublier la raison qui m'y avait conduit. Finalement, n'était-ce pas là l'aboutissement ? Partir, ne plus tenter de comprendre, juste vivre. Oh ! Artemisa. Tu me manques tant. J'aurai aimé partager, découvrir tout cela avec toi, comme des enfants. Oui. Et je le savais maintenant. Le carburant de tout cela, c'est l'amour.

Paris me donne cette dynamique. Si je l'ai d'abord découverte de nuit en arrivant en gare, c'est comme ça que j'ai commencé à l'aimer. Mais en écumant toute la ville à pied, durant de longues journées, j'ai aussi fini par l'aimer de jour. Sous la pluie, sous le vent, et surtout en ce début de printemps qui sublime les squares et les jardins. Ici le printemps est vibrant, étendant ses ailes. La vie sourit, les oiseaux s'enlacent et les amoureux fleurissent sur les trottoirs autrefois gris.

Je clarifiais mon esprit dans de longues flâneries agrémentées d'un vent de nostalgie avec le MTV Unplugged de Nirvana s'écoulant lentement dans les écouteurs de mon walkman. Je repensais à cette idole dont le destin me parlait. Si proche du mien. Il n'était pas orphelin. Mais sa vie l'avait conduit à être mis à l'écart de l'amour de ses parents. Sa quête effrénée de leur reconnaissance l'avait conduit à se brûler les ailes en plein vol... A consumer la vie par les deux bouts. Un rêve de milan avorté. Ma tentative d'en finir avait pris fin sur mon éperon de granite. Ma vie retenue par la force du vent. Je dois prendre cela comme un signe et poursuivre mon élan.

Paris, rive gauche. De la Tour Eiffel au Jardin du Luxembourg en empruntant quelques détours. Les cafés en terrasse à Montparnasse, le thé de la grande

Mosquée après avoir flâné près de l'Université. Un moyen pour moi de trouver quelques liens avec de jeunes étudiants en soif de nouveauté. Ils m'ont conduit dans les musées. Les peintres à Orsay. Oh ! J'avais bien découvert la peinture sur mon île avec les tableaux si purs, colorés et chatoyant de JC Quilici. Ou à travers des œuvres folles de Dali dans ce livre que vieille Saveria m'avait offert pour mes 12 ans. Mais ici, cette ancienne gare, offrait un voyage sur les tableaux des plus grands. Être capable de sublimer le monde et même au-delà du monde tout simplement la vie dans des rêveries pourtant figées mais tellement expressives d'humanité. Tellement résonantes à l'intérieur de nous. Cela me subjuguait au point que j'y revenais encore et encore. Puis il y eut le musée Rodin et ces corps tout en finesse et éclatant de vivacité et de grâce et tellement charnels. Des sculptures de marbre ou de bronze capables de rendre le minéral organique au point qu'en les touchants du regard, on a le sentiment que leur texture est faite de peau et d'une chair chaude et humide. Je me nourrissais de tout ce foisonnement artistique, des rues et des monuments.

Rive Droite. Ce fut le Louvre et les civilisations, puis Beaubourg et surtout, tout ce quartier qui était devenu un peu le mien. Celui du Paris de la belle époque, celui de la débauche et des plaisirs nocturnes et du symbolisme. Et dans ce quartier je nouais déjà quelques amitiés. Avec des gens en marge. En dehors d'une vie bien réglée. Ils me rappellent la communauté, Artemisa. Ils me rappellent que la vie se joue sur le fil. Et sur le fil, il y a Richard qui vit là, dans la rue, à deux pas de mon hôtel. Abandonné de tous. De la société. Il vit là, à l'angle de la rue des Martyrs et du Boulevard Rochechouard, posé sur ses couvertures de déménagement et quelques cartons. Entre le poteau d'un lampadaire et une boite aux lettres jaune de la Poste. Avec pour seule possession quelques sacs poubelles remplis d'espoirs dérisoires. Devant lui un écriteau de carton « *Des sous pour manger* » et une vieille casquette de marin contenant la pêche du jour, quelques francs et les bons jours un ticket restaurant. Sans domicile ni vraiment d'identité. Si comme moi on peut naitre sans, je me rends compte qu'on peut aussi la perdre. Cela ne lui a pas enlevé l'envie d'y croire. Richard. Toujours ce bonnet de laine fiché sur des cheveux longs filasses et délavés. Un corps cachectique laissant apparaitre le creux de ses clavicules. Seule sa barbe angora jaunie de nicotine lui donnait un soupçon de bonhommie. Son visage semblait avoir été ciselé dans le bois par les mains agiles d'un luthier tant ses lignes étaient précises et creusées. Les habits trop larges qu'il portait, pendaient sur lui comme sur un cintre. Un jour, alors que je passais près de lui, Richard me fit la confidence du secret qui le maintenait à la surface de l'eau. Et j'ai compris pourquoi il s'était posé là, à deux pas de la Cigale.

- Putain mec y'a qu'une seule chose qui me tienne encore dans ce monde. Ce n'est pas tout l'alcool qui m'enivre, lui, il est là pour que j'aie chaud les nuits glaciales d'hiver. Ni ces quelques vieux mégots trouvés par terre que je m'envoie dès le petit matin, eux, ils m'apportent un léger brouillard de joie. Pas même les quelques fonds de bacs à poubelles qui, eux, me calent un peu le ventre. Non. Ce qui me tient encore, mec et me fait croire qu'il existe du beau chez l'homme, c'est la musique. Hugo disait, « La musique c'est du bruit qui pense ». Eh ben moi j'dis, la musique c'est le cœur qui fait des vocalises. Et si l'humain est capable de faire de la musique c'est qu'il lui en reste, du cœur !

Et pourtant, de ce corps tout ébouriffé, au visage décharné et vieilli prématurément, peu de monde faisait cas. Pas un regard. On passait là sans le voir. Même la boite jaune de la poste semblait mieux considérée. Il était sans pitié ce coin de la rue des Martyrs. Le soir c'était le royaume de la drogue et du plaisir.

Celui des filles qui vendent leur généreuse nature comme un pot de confiture. Et Richard il restait là. Au milieu des toxicos, des filles de joie. Mais Richard il n'y touchait pas. Il encaissait, pas la monnaie, les coups. De quelques pauvres fous qui se laissaient emparer par le démon. Il se faisait déglinguer la tête par ceux qui n'avaient plus que la haine en partage. Malgré tout, il la gardait bien haute. Il avait tout perdu. Ça avait commencé par sa femme, partie avec les gosses. Puis la dépression, sans pouvoir remonter la pente. Plus le gout de rien, lui avait fait perdre son boulot, et les dettes avaient fini par l'engloutir. Il avait bien voulu quitter la vie une fois ou deux. Son rêve de musique l'avait fait redevenir léger. Il lui était venu l'envie de quitter sa paisible ville de Troyes, un jour à l'aube, pour Paris et sa furie. Il n'avait plus la force pour rien. Il avait tout perdu, il était sale et il puait. Mais pourtant Richard s'accrochait encore à ce souffle de vie. Nourri par la mélodie. Alors, pour lui montrer mon intérêt, mais aussi sans doute pour qu'il m'apporte en réconfort un peu de sa philosophie, je me confiais moi aussi. Puis il y eu ce jour. Ce jour loin de mon île que je n'oubliais pas. Ce jour loin de la quête dont je perdais le fil. Je saisissais machinalement ma boite du fond de ma poche que je n'avais plus éveillée à ma mémoire depuis des semaines. J'expliquais à Richard mon ami clochard, que nous étions semblables. Que la vie nous place dans ce monde comme elle l'entend. Qu'elle établit un équilibre entre ceux qui naissent avec un avenir morose et ceux pour qui tout glisse. Que seulement quelques-uns ont le privilège d'une vie facile face aux millions qui triment.

165

- *Tu sais, Richard, chez moi on dit « A chi mori, a chi s'allarga »* *

- *Alesiu, je l'ai cru longtemps. Ça fait 6 ans que je suis à la rue. Ce que je peux te dire, c'est que c'est le jour où j'ai tout perdu que j'ai cru être mort. Et puis… Et puis je m'y suis fait, à mon quotidien. Je n'ai plus rien, mais comme je n'ai plus rien à attendre, alors tu comprends… Le moindre geste, le moindre mot, le moindre regard est une mine d'or pour moi.*

- *Si je suis ici, c'est parce que j'ai fui tout ça. Là où j'habite, j'étais devenu totalement transparent. Et je vois bien que les gens t'ignorent. C'est en ça que nous sommes semblables.*

- *Mais tu es si jeune. Tu n'as pas de famille, des parents ? Ne fais pas la même erreur que moi. Garde tes rêves. Garde toujours ça comme un objectif. S'il y a une chose qui doit rester figée, c'est bien ça. Et le reste suivra. Quel est ce rêve, jeune Alesiu ?*

- *Je n'en fais plus. Juste ce rêve depuis l'enfance. Celui d'un long vol au-dessus de mon île avec les yeux perçant d'un Milan. Ce rêve se terminant au milieu de montagnes qui résonnent comme l'enfer.*

* Les uns se meurent, les autres s'épanouissent

- Prendre de la hauteur mon pote, y 'a que ça de vrai pour avoir un œil lucide sur le monde. Moi je ne l'ai jamais fait. Je suis trop lâche pour ça. Alors retourne vers tes parents si tu peux.

- Mes parents ! Mais je ne sais rien d'eux. Je n'ai que cette photo de celle qui doit être ma mère.

À la vue du cliché, les yeux du clochard s'extrayèrent de leurs orbites squelettiques, et sa bouche ébahie laissa apparaitre la seule incisive restante pour toute dentition. L'univers a cela d'exquis. Dans les plus improbables instants, les espaces temps les plus inattendus, il nous répond toujours en écho.

- Je la reconnais ! Comment pourrais-je l'oublier ! C'est un des premiers visages que j'ai croisés en m'installant ici.

- C'est vrai ? Tu la connais ? Tu sais qui elle est ?

- Te dire que je la connais intimement serait mentir. Mais il y en a qui la connaissent, ici, dans le quartier. Je ne l'ai vue que quelquefois parce qu'elle se rendait au théâtre juste à côté, à la Cigale. Mais je sais qu'elle a eu des contacts avec une des filles d'un bar à hôtesses. Je crois qu'elle voulait percer dans la musique, puis elle a fini par partir.

- Cette fille dont tu parles, comment s'appelle-t-elle ? Elle est encore ici ?

- Je ne la connais que par son surnom, parce qu'elles prennent toutes un faux nom. Elle, c'était Albane. Elle vient d'un pays des Balkans. Je crois qu'elle travaille encore dans le même endroit ça s'appelle les P'tits Bonbons.

En cette première nuit de printemps, en écho à la nouvelle presque accidentelle, la nuit insulaire retentit jusqu'aux catacombes de Paris. Trente-cinq lieux représentant l'état et l'économie à travers toute l'île furent simultanément la cible de charges explosives. Là-bas, les nuits blanches se teintèrent de bleu. Les élections présidentielles approchaient, c'était le temps des revendications. Ce scrutin sera un tournant dans l'histoire du pays. La page Mitterrand se tournait. Alesiu était de ceux nés avec lui. Et dans cette course à l'Élysée, une créature borgne douée d'une vision tronquée faisait l'objet de toutes les craintes.

En cette première nuit de printemps, Alesiu fut rattrapé par son île qui le remettait sur le chemin de sa destinée.

Je ne cherchais plus. Je n'avais plus la force, plus l'envie. Je n'avais pas l'ombre d'une réminiscence. Juste un Paris dénué de sens. Et voici que je me pose ici. Dans ce 9e arrondissement où celle qui doit être ma mère vivait il y a encore peut-être 5 ou 6 ans. Et voilà que de nouveau mon île se rappelle à moi par une vague d'attentat ! En concordance avec une première piste qui a ébranlé mon esprit comme l'éclat d'une bombe. Un indice qui me conduit dans ces bars lugubres de Pigalle que je longe tous les jours depuis des semaines sans rien savoir ! Et qui s'avèrent en plus appartenir à divers clans de mon île ! Artemisa avait raison. « *Lorsque les dés sont jetés, qu'elle que soit l'énergie impulsée, ils finissent toujours par se poser et montrer une face. Si tu n'attends pas le score, ils t'apprendront quelque chose. Latcho drom Alesiu !* ». En initiant le mouvement, la vie m'a tendu ce que je n'attendais plus. Ce feu ardent qui brûle en moi, c'est l'impatience. Elle me rongeait de l'intérieur et me conduisait à un mouvement qui n'était pas autre chose qu'une fuite en avant. Demain, je me rendrais au « P'tits Bonbons » voir ce que cette Albane pourra m'apprendre de ma mère. J'ai à la fois hâte et peur... Et si derrière toutes mes espérances, je m'apercevais que mes parents ont eu la même posture que tout le village ? Et si j'étais définitivement néfaste pour ce monde ? Depuis le premier jour où j'ai pointé le bout de mon nez... Alors, je crois que je quitterais tout.

Le lendemain, je passais ma journée totalement vidé de toute ma substance vitale, aspirée comme un vulgaire os à moelle. Je ne sortais pas de ma chambre de toute la journée, pris de fièvre et de sueur. Moi qui n'avais jamais été malade. J'avais le ventre noué, le corps et l'esprit figés. Le lendemain, les symptômes furent identiques. Et les trois jours suivants. Cinq jours comme un loup terré. Pour la première fois je me laissais submerger par la peur. Celle de me confronter à moi-même. Aux démons que je portais en moi. Ils étaient là, en face de moi. La seule possibilité c'était l'action. L'idée du moindre geste me terrifiait. Enfermé dans ma chambre j'avais suivi à la télé le discours du candidat borgne qui démarrait en parlant de son plat préféré. Ironie du sort en cette période de crise alimentaire, un steak-frites. Ses idées montraient qu'il avait sans doute succombé au prion. Attisant la haine, la violence et les sentiments humains les plus néfastes. Exacerbant les antagonismes entre les individus. Une campagne ayant déjà entrainé la mort d'un jeune militant opposant de dix-sept ans face à des colleurs d'affiches aux couleurs de milice. Prônant l'existence de races plus égales que d'autres. Utilisant un vocabulaire du chaos et de l'angoisse. N'hésitant pas à renier les évènements les plus tragiques de l'histoire de cette déshumanité !

Oui ! A Paris, plus que sur mon île, j'ai découvert un pays arc en ciel. C'est ça le spectre de l'humanité. Un arc en ciel. Et moi j'ai peur. Peur de tous ces humains qui ont peur de tous ces autres humains. Peur de tous ceux qui n'arrivent pas à prendre le bon itinéraire. Qui restent sur les chemins de traverse sombres obscurcissant la lumière de l'amour par manque de courage. Peur de tous ces humains si profondément vides que la colère et la haine prennent leur part du vide. Je rêve de grandes intrications quantiques sous une lune pleine et sous un soleil ardant et chaleureux. Une mêlée fusionnelle si résonante que les mots, les regards et les gestes ne seraient plus nécessaires pour nous unir tous. Juste le souffle. Inspiration des uns devenant expiration des autres. Air fusionné. Mêlé. Entrelacé. Un seul et même oxygène. Nous ne respirons qu'un seul et même oxygène. Alors pourquoi suffoquer ? Pourquoi défendre une idéologie de la haine. Comment pouvait-il en être autrement pour ce candidat ? Puisqu'il n'a qu'un œil sa conception ne pouvait être qu'une illusion.

Au cinquième jour de léthargie, je décidais de reprendre le dessus sur les fantômes qui hantaient mon passé et rendaient flou l'idée que je me faisais de moi-même. J'allais à la rencontre d'Albane des Balkans. Retrouver les « P'tits Bonbons » fut aisé. La devanture rose pastel restait d'une sobriété en demi-teinte. L'intérieur ressemblait plutôt à un magasin pour nouveau-nés, fait de tissus mousseline rose bonbon et blancs. Je fus reçu dès mon entrée par la tenancière du lieu qui ne parut pas inquiète de mon âge puisqu'elle n'insista pas pour que je lui présente un justificatif. Elle avait une dégaine de danseuse de cabaret sur le retour. Victime d'une addiction au bistouri et d'abus d'implants de collagène. Plus aucun élément du visage ne conservait une proportionnalité harmonieuse. Elle parlait des filles comme Marthe du Vieux Port parlait de son poisson. Selon la même tonalité et les mêmes attributs de fraicheur et de vivacité.

- *Qu'est-ce que tu veux beau chevelu ? Aujourd'hui on a ce qu'il te faut. De l'asiatique, de l'africaine ou de la sud-américaine. La bouteille de champagne c'est 150, tu peux prendre la coupe mais ça te reviendra plus cher à la fin. Pour la fille, tu t'arranges ensuite avec elle, nous on ne voit rien.*

- *Je cherche une fille des balkans !*

- *Ah ! On en a une, mais elle n'est pas des nôtres ce soir ! Si ça te tente, on a une sud-américaine, une belle brune de caractère. Tu trouveras ton compte, elles ont le sang chaud pareil, ah ah ah !*

- *Non merci, c'est Albane que je cherche. C'est bien d'elle dont on parle ? Quand sera-t-elle là ?*

- *Elle est retournée quelque temps dans son pays, elle sera là au début de l'été.*

Le temps me met à l'épreuve. Systématiquement lorsque j'impulse une énergie avec la soif d'obtenir quelque chose. À cela s'ajoute la tension du pays suspendue aux paroles contrefaites des politiques qui amplifient les clivages et l'agressivité entre les individus. Alors que, pendant ce temps-là, à travers le monde, les attentats se multiplient. Une explosion en Oklaoma, des attaques au gaz toxique dans les stations de métro au Japon, une voiture piégée en Espagne. Quand tout le monde aurait besoin d'un mouvement nous unissant tous vers un avenir lumineux. Proposer de diriger le pays en soulevant les problèmes créés par les précédents plutôt que d'œuvrer collectivement pour une vie meilleure pour tous. Faudrait-il en venir au chaos pour que les gens comprennent ?

Le couperet en France tomba au premier tour des présidentielles. Dans une atmosphère tendue de grèves, de crainte de crise monétaire. Le borgne bavard entouré de son clan familial côtoyait désormais de son nom les sommets autour de 15 %... Dans la foulée, l'ampleur de son emprise sur les angoisses continuait de progresser aux élections municipales en gagnant du terrain sur de nouvelles grandes villes.

C'est ce qu'il faut, sans doute. Nous mettre en face de notre part la plus sombre. Faire le choix du chaos pour bouleverser un équilibre néfaste trop installé, renverser des bases perverties et créer de nouvelles fondations plus saines ? Mais combien de temps cela prendra-t-il ? Je veux faire partie de ces poètes, de ces

173

artistes. Pour que toujours s'élève la puissance des émotions au-dessus de l'omniscience qui rend l'homme avide de pouvoir, et éveille la soif de domination. L'énergie du cœur, cette fréquence sur laquelle nous vibrons tous, sans exception. Quelle que soit notre nature, nos origines, notre culture. Par cela nous sommes reliés. Face à l'art, nous arrivons à écouter de nouveau cette vibration qui existe au plus profond de nous et que nous oublions souvent à cause du désir de réussite, et de l'envie d'en vouloir toujours plus. Au point d'en oublier l'essentiel. Nourrir notre intériorité. Mettre en résonance notre âme avec l'univers. Cela passe par un éveil des sens. En somme se laisser pénétrer par le monde quantique. Humer chacun des atomes de notre univers. Les toucher. Les sentir vibrer à travers les sons. Écarquiller nos yeux pour en apprécier les formes et les couleurs. Tout n'est qu'intrication quantique. Nous sommes un tout relié. C'est ce à quoi je veux croire. C'est ce qui fait que j'ai confiance. Que je sais que je retrouverai le cours de ma vie.

Le printemps prenait maintenant le dessus, l'envie en était à retrouver de la légèreté. On évoquait dans les rues de Paris la victoire mondiale des bleus au handball, on marchait main dans la main dans une vague de solidarité pour faire bloc contre le SIDA, toutes communautés confondues. La magie du cinéma débutait avec les plus grandes stars du monde sur les marches du Palais des Festivals à Cannes. Il disait vrai, Richard ! Le monde produisait du beau. Il était encore possible de choisir son camp, de ne pas basculer du côté obscur. Au prix de luttes et de gros efforts. Ou plutôt, de lâcher prise pour lâcher l'emprise du monde matériel et faire de la vie un voyage spirituel. Juin était là. Les journées de chaleur, le temps de la moisson, le solstice d'été. Je partais confiant pour récolter auprès d'Albane les informations tant convoités. Je célébrais ce jour l'âge de passage vers le monde des adultes. J'étais prêt. Je me sentais grandir.

Même lieu édulcoré, même ouvreuse rafistolée. Mais cette fois ma surprise fut grande. La tenancière était accompagnée. Par un homme au regard noir, le crâne rasé, une barbe de trois jours, un fort accent de mon île. Les traits d'un visage peu paisible me firent comprendre que la conversation serait difficile à engager. Sans dire un mot, il me fit signe de la tête pour que je le suive dans l'arrière-boutique. Au fond se trouvait un escalier en colimaçon étroit, humide et faiblement éclairé qui descendait vers je ne sais quelle destination. Sans savoir d'où cela venait, ni pourquoi, deux solides hommes me plaquèrent au sol. Face contre terre, ma mâchoire aplatie d'un côté par le carrelage froid et souillé des toilettes et écrabouillé de l'autre par le genou d'un de mes agresseurs dont je ne voyais pas la tête. L'homme que j'avais suivi s'abaissa jusqu'à la hauteur de mon visage.

Ses yeux exorbités de colère et la bave à la commissure de ses lèvres me glacèrent le sang.

- Quitte très vite ce quartier, cette ville, et n'imagine même pas retourner sur l'île. Celui qui m'envoie te le fait clairement savoir, petit. Il n'y aura pas deux avertissements.

Je n'eus pas le temps pour plus d'éclaircissement. Un violent coup de ce que je supposais être une matraque retentit dans mon crane. Je me réveillais sans plus aucune notion du temps. Ma carcasse jetée au milieu des ordures d'une impasse sombre à deux rues du lieu où je m'étais rendu. Le réveil était abrupt et éprouvant, avec cette phrase imprimée au fond du crâne : « *Quitte cette ville et ne retourne jamais sur l'île* ». Elle ébranlait mon cerveau comme un uppercut. L'onde de choc se propageait encore dans tout mon corps. Une personne qui me connait souhaitait que je m'efface. Pourquoi ? Qui ?

Je ne sais pas où j'irai, je vais me faire tout petit mais je n'abandonnerai pas. J'avais peur, mais aussi tellement de colère que je lâchais cette phrase tout haut en serrant les dents et les points. Une silhouette féminine m'interpella au bout de l'impasse.

- Jeune homme, n'aies pas peur, attends, je viens vers toi pour pas qu'on nous entende.

La silhouette évolua jusqu'à moi. D'ombre elle devint une jeune fille à peine plus âgée que moi. Une jolie petite blonde au teint de porcelaine à l'accent slave roulant les r.

- *J'ai entendu, que tu cherches Albane. Et j'ai vu ensuite qu'ils t'ont transporté ici. Tu ne lui veux pas de mal au moins ?*

- *Non, je la cherche parce qu'elle pourrait avoir connu quelqu'un d'important pour moi. Elle a peut-être des informations qui peuvent m'aider. Et vue la réaction j'en suis sûr maintenant.*

- *Je vais te dire où elle se planque. Parce que maintenant qu'ils savent que tu la recherches, elle ne peut plus revenir travailler. Toi aussi il faut que tu te caches. Et promets-moi d'attendre 1 mois avant de la voir. Le temps que ça se calme.*

Tous les jours, je tentais de changer de lieu. Mais je ne pouvais pas m'éloigner de Paris. C'était ma seule piste, et elle était fiable. Je n'avais rien à perdre. Je découvrais la vie comme Richard. Celle de la rue, de la manche. Des jours sans lendemain. Des jours sans fin. Celle de n'être plus que l'ombre de soi-même. Je n'avais même plus ce vide au milieu de la poitrine. C'était maintenant un vide sidéral. Sans plus aucune sensation.

Plus d'envie. Plus de projection. Une anesthésie. Plus aucune étincelle ne pouvait générer le mouvement. La vision d'un espoir s'éloignait au fond d'un tunnel de plus en plus profond, de plus en plus obscur. Comme si cet espoir était absorbé par la masse informe de gens qui grouillaient vers une vie bien remplie. Un mois et demi à vivre dans la rue. Je tirais sur la corde. Pour ne pas dépenser le peu qu'il me restait. J'errais ces derniers temps. A découvert. Entre le Marais et la Bastille. C'était un moyen de continuer de me sentir vivant. Entre les rues de la soif et les boites gaies. Je me prenais au jeu de la nuit. Je m'enivrais pour annihiler toutes pensées. Je goûtais à presque tout ce qui pouvait brouiller mon esprit, pour me fuir. Je ne finissais jamais seul. Au milieu des étudiants venus festoyer, des cadres dynamiques en train de décompenser, des ratés et des paumés. J'acceptais de perdre tout contrôle. Au point de ne même pas savoir avec qui je passais la nuit. Dans quel lit. Celui d'une fille d'un soir, ou même parfois les draps d'un garçon. Sans me soucier le lendemain de n'en avoir qu'un vague souvenir. Et subitement, au cours d'une de ces nuits débridées, il me revint ce souvenir. Ce désir fort de retourner. Oui retourner. Retourner un jour d'où je viens. «*Un ti ne scurda. Va et n'oublie pas le jour de ton retour*»*.

*Un Ti ne Scurda I Muvrini JF Bernardini

Je me raccrochais à cette musique dans la langue de mon île qui tournait dans mon baladeur. Me rappeler que mes racines avec ou sans le fil de mon histoire, étaient là-bas. Mes montagnes, mes bêtes, mon Django, le granite rouge, le ressac de la mer dans les cavités de la roche ciselée. Et même tout ce qui représente un souvenir douloureux. Tout cela était mon ancrage profond.

Oui, qu'ils le veuillent ou non, je reviendrai vers toi. Parce que tu m'appelles, oh ! Toi ma terre. Après tout ce temps passé à attendre, je n'avais plus envie d'être un fugitif. Je choisis que le moment était venu de retrouver Albane. Comme un acteur de théâtre, l'impulsion de vie a jaillit pour reprendre le mouvement maintes et maintes fois répété. Maintes et maintes fois essoufflé. Je devais donc me rendre en banlieue. Dans le sud de cette île de France. Qui n'était pas la mienne. J'avais tout fait à pied jusque-là, mais cette fois il me fallait emprunter le Métro. Je découvrais la ville et ses tentacules. Et je comprenais cette sensation qu'une partie des parisiens avaient de se croire la tête pensante du reste du monde. Par la tentative d'emprise de la pieuvre sur la province. Je pris l'appendice bleu clair du céphalopode, en direction de la Croix de Berny où je devais retrouver Albane. Nous étions la fin d'après-midi d'une journée ensoleillée de fin juillet. Je fis un tour jusqu'à Notre Dame et le quartier Latin.

J'aimais profiter du temps qui se suspendait. Les touristes du monde entier venus découvrir une des plus belles villes du monde. Les parisiens finissant plus tôt leur travail pour flâner et se baigner du soleil d'été aux terrasses des cafés. Il était environ 17h15. Je m'engouffrais dans le sous-sol de la Station Saint Michel. Après m'être perdu une dizaine de minutes sur le plan du RER pour identifier la ligne et la direction jusqu'à ma destination, je suivis le chemin dans les méandres des galeries pour rejoindre le quai au second sous-sol. Je progressais jusqu'au milieu de la voie. J'avais quelques minutes à attendre pour qu'enfin le train de ma dernière chance arrive. La station ressemblait à toutes les autres, j'imagine. Froide et odorante. Bondée en cette heure de pointe d'été. En cette période de l'année, les tenues comme l'atmosphère étaient des plus légères.

Les gens respiraient plus amplement. Les gestes étaient plus lestes et plus lents. Tout ça donnait le sentiment que chacun prenait son temps. Le train arriva enfin. Je distinguais ses deux yeux ronds et lumineux qui grossissaient au milieu du tunnel. L'impatience me gagnait. Le train habillé de blanc, de bleu et de rouge s'immobilisa devant le quai. Je me frayais un chemin en me faufilant entre les passagers pour atteindre les portes rouges s'ouvrant sur des wagons déjà encombrés de voyageurs. Les uns tentant de sortir, les autres d'entrer.

Tout à coup, une boule de feu avec en simultané une puissante déflagration envahit l'arrière du train. Les vitres de toutes les rames se disloquent. L'onde de choc fait soulever les wagons. Tous mes organes, se retournent à l'intérieur de moi. Mes tympans réduits au silence de tous les bruits environnants, mais conservant les stigmates de l'onde qui se prolonge dans mon crane en un sifflement aigu et continu. L'espace d'une fraction de seconde nous nous regardâmes tous, hébétés. Totalement désorientés. Paralysés. Une fois les esprits revenus au clair, tout le monde s'extirpa de la voiture avec précipitation. L'explosion avait éventré celle en queue du train, la numéro 6. Elle avait même arraché un bout de quai. Des corps soufflés jonchaient le sol. Totalement dénudés ou ne portant plus que quelques loques de tissu. À l'explosion succédait un incendie dont la fumée noire s'épaississait très rapidement pour inonder l'ensemble de la gare. Je courus pour apporter mon secours.

Ici c'est l'enfer. Des femmes et des hommes déchiquetés. Mutilés. Amputés. Brûlés. Criblés d'éléments de la carlingue du train. Des corps enchevêtrés. Incarcérés, fusionnés avec le plastique et le métal. Du sang noir répandu sur le sol. Sur les parois du train. Sur le quai. L'image d'horreur imprègne ma rétine. Pour toujours. Et cette odeur. L'odeur insupportable. Celle du sang et de la chair calcinée. L'odeur de la peur.

De la mort. Et les hurlements. Les hurlements sourds, de tous ces visages crispés. Des hurlements que l'on n'entend pas, car l'horreur étouffe tout. L'horreur nous serre tous à la gorge et à l'esprit. Le souffle avait pour quelques minutes annihilé toute ma capacité de jugement et de pensées. Très vite me revint celle d'Albane que je devais rejoindre. Quelqu'un, quelque chose, une force, tentait de me stopper dans ma recherche. J'étais totalement impuissant face à ce chaos et je m'en voulais. J'aidais malgré tout à extirper les personnes trop blessées ou trop choquées mais je fus très vite écarté par les secours qui affluaient rapidement sur les lieux. On se serait crus sur un champ de bataille. Mais sans ennemis à combattre. On nous dirigea vers la sortie. La remontée à la surface, vers la lumière, me sembla interminable. Mon ouïe me revenait au fur et à mesure que je gravissais les marches. Nous progressions tel des zombies, blanchis par la poussière qui nous recouvrait de la tête aux pieds. Au-dessus, à la surface, c'était une cacophonie de sirènes, d'hélicoptères, de gyrophares, des cris des secours organisant un hôpital de guerre dans un café au-dessus de la station Saint-Michel, et des forces de l'ordre sécurisant et bouclant le quartier. Un par un, nous passâmes entre les mains du corps médical qui vérifiait notre état. Pendant qu'en bas, les chirurgiens opéraient sur place les blessés les plus gravement atteints.

Des caméras et des reporters couvraient déjà l'évènement. Un journaliste apparut sur l'écran de la télé de l'hôpital de fortune, où l'on avait arrêté de servir du café, pour un flash spécial.

«À 17h30, une forte déflagration, qui semble être un attentat sans qu'on ne puisse le confirmer, a retenti dans une rame du RER B à la station Saint-Michel. Actuellement, il nous est reporté quatre morts et une soixantaine de blessés dont seize graves. Un hôpital de campagne a immédiatement été dressé dans un bar au-dessus de la station. Le Président de la République, le Premier Ministre ainsi que le Maire de Paris sont tout de suite arrivés sur les lieux. Actuellement, entre les secours et la police, ce sont entre 200 et 300 personnes qui s'activent, pour prendre en charges l'ensemble des victimes de ce qui semble être, je le rappelle sans qu'on en ait encore la confirmation, un attentat. Je reviendrais vers vous dès que nous disposerons de nouvelles informations.»

Pour quels motifs des hommes pouvaient conduire d'autres hommes vers le Royaume des Morts ? Pour quelles idées pouvait-on en arriver à l'horreur ? J'étais indemne. J'avais le droit de vivre, alors que d'autres moins chanceux venaient de disparaître. Cela me semblait tellement éloigné de ma réalité.

Et totalement discordant à l'idée que je me faisais l'utilité de ma vie. Au village, pour tout le monde, j'ai toujours été « personne ». Je me suis enfoncé dans la solitude. Cela m'a enseigné que nous sommes seuls face à nous-mêmes dans l'univers. Et là, j'apprends que la solidarité sait s'installer quand les hommes sont touchés au plus profond de leur être. Quand il n'y a plus la place pour se montrer fort et au-dessus de tout. Quand il ne reste que la place pour la fragilité et la vulnérabilité. Je découvre que l'homme frappé par l'horreur voit de nouveau jaillir l'énergie puissante qui relie l'humanité. L'explosion de ce train a fait voler en éclat les couches successives barricadant ce sentiment pur et enfantin qui nous relie tous. Il faut donc le chaos pour retrouver ce qui fait notre essence. Notre humanité. Notre amour. Le chaos génère le mouvement. Le mouvement, c'est l'énergie qui maintient l'équilibre sur le fil. Le fluide qui circule en nous et dont nous sommes le seul capitaine. Le mouvement, au-delà de notre ligne d'horizon, s'élève dans une certaine verticalité et guide notre âme vers d'infinies constellations. La solitude est notre embarcation, celle qui nous permet de rester ancré à nous-même sans écouter le chant des sirènes voulant nous détourner de notre chemin. Choisir nos guides, nos alliés. Ceux qui nous aident à maintenir notre cap, et nous donnent des clés vers des passages que nous n'avions jusque-là pas soupçonnés ou pas osés.

Quels que soient les choix qui s'offrent, rassurons-nous de n'être que seuls face à nous-mêmes. Nous sommes seuls face à la mort. Alors choisissons le mouvement de notre vie comme une glissade sur les flancs des montagnes enneigées, comme l'eau qui ruisselle dans son lit de verdure, comme le souffle continu d'un chant d'enfant, comme la danse rythmée et puissante des femmes d'Afrique. Et prenons-nous la main pour sentir la chaleur de l'amour qui nous unit.

Au lieu de cela, des attentats. Au lieu de cela, le Président de la République fraichement élu qui annonçait un mois après sa nomination la reprise des essais nucléaires non loin de magnifiques atolls. Comble de l'ironie des îles paradisiaques au milieu de l'océan qui porte comme nom « *pacifique* ».

Les enquêteurs de la brigade criminelle et de la police scientifique m'avaient demandé de rester encore quelques instants dans cette brasserie. Devenue le QG de gestion de crise. Pour que je leur décrive ce que j'avais vu. Puis relever d'éventuelles traces de poudre sur mes vêtements et mon sac. Je m'esquivais. La crainte me prenait aux tripes. Qu'ils ne découvrent que je suis mineur et à la rue. Échappant à la mort. Je ne pouvais pas laisser passer ma chance. Je pris le bus 28 et le tramway n°21 pour 1h15 de trajet.

Il était presque 20h une fois arrivé à ma destination. Est-ce une heure pour arriver chez quelqu'un ? Qui ne nous attend pas ? J'avançais. Le pas ferme et assuré. Jusqu'au n°20, avenue de la Providence. Un édifice étroit à cinq niveaux, avec des balconnets décorés de fleurs. Sur l'interphone déglingué, des étiquettes à moitié déchirées. Gribouillées. Effacées. Les noms des dix occupants de l'immeuble. Mais bien sûr, Albane n'était pas Albane. Dans ce milieu-là, on ne divulgue jamais son vrai nom. C'est plus prudent. Heureusement, la jeune fille rencontrée après avoir été molestée m'avait glissé le nom de mon hôte dans le creux de l'oreille. Térésa. Je sonne. Elle me dit de monter au 3ieme étage. J'arrive sur le palier, la porte avait été entre-ouverte le temps de ma progression. Je la pousse. Térésa est là. De dos. Prostrée dans un fauteuil bergère d'époque Louis XV usé aux accoudoirs.

- *Tu es donc cette Albane. Je suis désolé pour tout le tort causé.*

- *Je t'attends depuis deux semaines. Mais je n'ai plus peur. Je sais pourquoi tu me cherches. Et je vais pouvoir t'aider. À ma mesure bien sûr.*

Alesiu tira la boite de sa poche. Cette boite de Solutricine. Avec la photo de plain-pied. En noir et blanc. Celle de la jeune femme mystérieuse. Qui le regarde avec un sourire en coin. Les bras en arrière tenant le parapet d'un escalier en pierre sur lequel elle est presque assise. Ce regard noir grand ouvert, et une longue et épaisse mèche de cheveux ébène tombant sur le côté jusqu'à un grand décolleté. L'odeur de citron rance s'échappa de la boite à son ouverture. Il s'approcha du fauteuil. Tendit l'image devant le visage de Térésa.

- *Si je suis venu jusqu'à toi, c'est parce qu'il me semble que tu connaissais cette jeune femme. Et que tu sais surement où elle se trouve aujourd'hui. Est-ce que c'est vrai ?*

- *Malheureusement, jeune homme, avec ce qu'ils m'ont fait, je ne reconnaitrais même pas ma propre mère si je l'avais en face de moi. J'ai perdu la vue. Mais à leur réaction, et avec ce qui m'a été reporté, il s'agit d'Eni.*

Eni ! Cela résonne. Oui. Le lien est établi. Depuis cette lettre transmise par Mallaurie. Je suis envahi par une sensation de légèreté. Mon corps flottant au-dessus de l'horizon de la mer. Une bouffée chaleureuse s'empare de mon sang. Ce sang qui coule dans mes veines, qui rejoint et se mêle enfin au fluide maternel.

187

Je voudrais tant la toucher du bout de mes doigts. Effleurer de mes lèvres ce sein familier qui nous a unis le jour de ma naissance. Échanger notre premier regard m'arrachant mon premier cri. Avoir ma tête posée sur sa poitrine dont les tétons suinteraient d'onctueuses perles de lait. L'entendre de l'intérieur. Sentir ce cœur et ce souffle qui berçaient mes nuits placentaires et dont le rythme ne sera plus jamais le même. Ce cœur fougueux de jeune fille qui s'apaise faisant d'elle une mère. Sentir cette main douce et chaude caressant de sa paume mon petit crane blond et rond presque nu. Me laisser envelopper de l'aura de ses tendres baisers sur ma peau encore fripée. Je voudrais tellement à cet instant être encore ce bébé. J'ai grandi trop vite. J'ai grandi sans ces moments de l'enfance. Sans attachement. Sans lien du sang. Sans affection. Sensible sous toutes les coutures malgré les apparences. Alors oui, par la suite je m'y suis refusé. **J'ai repoussé ce qui me faisait le plus défaut.** Et sans le savoir j'ai fait s'évaporer toute la substance. Jusqu'au trou noir. À l'anti matière. Puis j'ai tenté de combler le vide. Dans la solitude, dans le sauvage de mon île. Jusqu'à Artemisa. Jusqu'à devenir dépendant d'un amour de pareille nature. Oui l'amour maternel d'Artemisa a su combler l'Abîme. Et ensuite j'ai fait dans le dur au cours des soirées parisiennes.

De la substance pour un monde de chimère. De l'opium pour du vide.

- *Je ne peux plus attendre Térésa. Qu'as-tu à m'apprendre ? J'ai suivi la prophétie du fou, et la vérité de la vieille chovihani. J'ai traversé le miroir. J'ai envoyé le signal à l'univers, j'ai fait des ricochets avec des mots. Est-ce que, cette fois, ils me reviendront en écho ?*

- *Alesiu, Eni, oui c'est elle. C'est ta mère. Je l'ai connue lorsqu'elle m'est venue en aide. Par une amie commune. J'étais ici, sans papier, sans logement et on allait m'expulser alors que mon jeune fils était malade. Alors elle a joué de ses connaissances pour m'obtenir ce qu'il faut. J'ai pu avoir ce travail. Comme hôtesse de bar. Et même si mon fils n'a pas survécu à la maladie, il aura eu accès aux soins.*

- *Mais aujourd'hui, que fait-elle ? Parle ! Dis-moi !*

- *Nous avons gardé le contact un temps. Puis je l'ai perdu. Parce qu'elle était d'un autre milieu. Une artiste qui voulait sa gloire, être reconnue. Alors au bout d'un moment, ça ne devait plus faire bon genre de me côtoyer. C'est normal. Je ne lui en veux pas après tout ce qu'elle a fait. Ta mère, elle n'est pas de ton île. Elle est, comme moi, de ce pays des aigles à la pointe des Balkans.*

- Mais, et mon père ? Tu l'as vu avec elle ? Tu les as vus ensemble ?

- Non. Ton père n'était pas avec elle ici. Elle m'a juste dit qu'elle avait dû fuir sans son bébé. Et je me disais que c'est pour ça qu'elle m'aidait, parce qu'elle me comprenait. Et ensuite, elle a fréquenté un homme du milieu. Qui a des théâtres et des boites de nuit. Il lui a permis de faire des belles rencontres pour réussir à Paris.

- Fuir ? Sans mon père, sans moi ! Réussir dans quoi ?

- Chanteuse. Elle est chanteuse. Je peux te dire vers qui te diriger, mais ce n'est pas un homme facile à approcher. Il est méfiant. Et influant. Et sans trop de morale. Ça fait dix ans que je tente de le rencontrer pour qu'il m'aide. Mais c'est impossible, alors que nous venons du même endroit. Il n'y a sans doute que lui qui peut te dire où est ta mère. Je prends des risques, tu sais. Mais c'est pour ce qu'elle a fait pour moi que je fais ça pour elle. Puissiez-vous vous retrouver un jour.

Térésa, ou plutôt Albane m'offrit le gite. Le couvert. De quoi disposer du confort pour quelques jours. Elle me raconta ce qu'elle savait de ma mère. Une fille de caractère. Sous une apparence physique fragile, on sentait qu'elle s'était forgé une carapace. Albane ne savait pas exactement comment elle avait atterri sur l'île.

Ce qui l'avait menée jusque-là, à cet endroit où elle a rencontré mon père. Ce père dont Albane ne connaissait rien. Pas même le nom. Parce que ma mère parlait peu de son histoire, du passé. Mais elle savait très bien vers quoi elle voulait aller. Elle avait, me semble-t-il traversé plusieurs pays après avoir quitté le sien. Ce pays qui durant tant d'années était resté recroquevillé sur lui-même comme une île isolée. Elle l'avait quitté pour aller au bout d'elle-même. Parce qu'il ne lui offrait pas l'avenir qu'elle convoitait. Elle avait de l'ambition. Parfois avec beaucoup de mordant, de la lutte acharnée. Parfois elle s'effondrait désespérément. Elle avait ce calme froid, une certaine défiance aussi. Elle voulait se montrer une femme forte. Albane m'expliqua que ma mère avait dû mettre en place autant de volonté que de stratagèmes dans un milieu sans pitié. Et que sous ses airs de grande dame, elle n'était pas capable d'assumer seule son quotidien. Alors elle avait certainement trouvé une solution. Et la solution, c'était une épaule sur laquelle s'appuyer, c'était cet homme.

Il faut que je l'approche. Sans me faire remarquer. Sans qu'il ne comprenne qui je suis et ni pourquoi je cherche Eni. L'aide d'Albane s'arrête là. Je lui ai suffisamment causé de torts. Elle ne peut pas prendre le risque de s'exposer. Il me faut trouver un prétexte qui justifie que quelqu'un d'autre que moi la recherche.

Et un motif suffisamment important pour que Muharrem Radav y accorde un intérêt. Cet homme des Balkans de 25 ans l'ainé de ma mère. Un homme, semble-t-il pas très clair. Devenu millionnaire dans le milieu de la nuit parisienne et du théâtre. En tout cas officiellement. Il fallait donc que je reste vigilant. Ce serait trop bête si près du but ! L'idée de trouver une stratégie tournait en boucle dans ma tête. Ce Muharrem, Albane me l'avait décrit. Grand, avec une certaine bonhomie, une apparence joviale trompeuse. Il n'avait rien d'un parrain mafieux. Pas de cheveux gominés en arrière, très peu de cheveux d'ailleurs. Pas de costards chics taillés sur mesure, mais plutôt mal fagoté. Des pantalons trop grands. Un col de chemise de travers. Des vestes de laine à zip distendues par de mauvais lavages. Un look qui ne paye pas de mine. Aux pieds, des baskets usées au gros orteil. Derrière une allure sans classe, un homme d'affaire redouté et redoutable. Lié de près ou de loin au banditisme des balkans. Ma mère l'avait rencontré dans une soirée, peu de temps après son arrivée à Paris. Elle avait su se faire une place en se mettant en lien avec les gens issus de son pays. Elle arrivait sans rien, elle avait certainement dû agir à la débrouille.

Je ne comprends pas ce qui a séparé mes parents l'un de l'autre. Mon père était-il un monstre ? Comme tous ces gens au village, l'a-t-il reniée comme ils l'ont fait avec moi ? Jusqu'à l'empêcher de partir avec son enfant ? Et dans ce cas, ce lâche se cache peut-être. Où a-t-il fui ? Si je le retrouve je ne pourrai pas lui pardonner. Ne serait-ce que de l'avoir laissée partir. Et un enfant n'a-t-il pas besoin de l'amour d'une mère pour se construire ? Je vais la retrouver, et elle m'expliquera. Je saurai enfin quel genre de père il aurait été. Et je rattraperai le temps que nous n'avons pas eu elle et moi. Tout ce temps perdu. Et perdu je le suis. Plus rien pour avancer. L'impasse. J'ai été arrêté plusieurs fois sur mon chemin mais là, je n'ai plus d'imagination. Toute mon énergie a été puisée par ce mouvement sans résultat. J'avais décidé d'en finir en sautant de mon rocher, et j'aurai pu périr une nouvelle fois dans le RER. Mais l'univers en a décidé autrement. Parmi ces morts, dans ce train, il y a forcément des personnes qui sont parties alors qu'elles en avaient surement d'autres à aimer ou par qui être aimées... Et moi je reste. Alors que personne ne m'attend le soir. La vie se rappelle à moi. Elle m'invite à poursuivre l'œuvre. La seule chose qui me ralentisse, ce sont mes peurs. Elles sont le meilleur indicateur. Je ne dois pas leur faire barrage. Au contraire je dois me laisser porter par elles jusqu'à l'objectif. Dans ces moments, j'aime me répéter cette litanie lue et relue dans ce roman culte de science-fiction :

« La peur tue l'esprit, la peur est la petite mort qui conduit à l'oblitération totale. Je lui permettrai de passer sur moi, au travers de moi. Je tournerai mon œil intérieur sur mon chemin, et là où elle sera passée, il ne restera rien. Rien que moi *»

Je dois y aller, même la boule au ventre. En gardant à l'esprit que c'est l'action qui la dénouera. Il faut que je retourne à Pigalle, c'est de ce côté-là que je me suis le plus rapproché d'elle.

Alesiu fit de nouveau le trajet. Sur la ligne régulière du RER. On ne doit pas toujours savoir pourquoi on fait les choses. L'élan est là, il nous dit vers quoi aller. Sans vraiment connaitre le but ou le résultat. Le corps parle à l'intérieur. Il incite à l'action. Fréquenter de nouveau ce lieu familier qui s'offre à lui comme l'origine du monde. Chargé du passage de sa mère se révélant à lui un peu plus chaque jour. Sa mère ! Il l'imagine à travers cette photo. Il la souhaite comme ces femmes dans les films d'Almodovar. Des femmes fortes à la vulnérabilité assumée. Des femmes qui portent le clan du bout de leurs bras frêles et gracieux. Des femmes qui diffusent de leurs gestes subtils et économes un amour affiché, mais pudique, pour ne pas montrer trop d'attachement. Ce quartier de Pigalle avait tout ça dans le ventre.

*Dune Franck Herbert

En revenant dans le quartier, c'est à ce coin de rue que mes pas m'ont spontanément mené. Le coin de la rue n'a plus son martyr. Il est vide. Vide de cette âme qui redonnait espoir. Entre la boite à lettres et le lampadaire, toujours des cartons et une couverture. Et quelques bouquets de fleurs. Un des serveurs du bar Royal en complet veston noir et chemise blanche me remarque. Il s'approche. Je cache un sourire en voyant les trois boutons de son gilet prêts à bondir sous la tension exercée par sa bedaine ronde. En rangeant la monnaie de son pourboire dans la banane qu'il porte à la ceinture, il me dit que la vie c'est injuste.

« Qu' Richard était un type bien. Il me dit qu'il n'est pas pour les marchands de joie et de bonheur en boite qui pullulent à toutes les étagères, sur tous les fronts, surtout quand ils sont pro-national et sur tous les murs. Il me dit qu'la vie est faite de l'explosion des attentats, des jours de pluie, de longues nuits d'incertitude sous la brume. Qu'elle est faite d'un regard qu't'as croisé et qu'a illuminé ta journée. D'la joie qui t'saute au cou quand tes enfants t'appellent papa. Qu'elle est faite de ce type qui t'colle au cul et qui t'insulte dans la pollution des bouchons. Et du junkie à chien défoncé qui côtoie le clodo à barbe heureux jouant de la guitare et chantant pour les passants anxieux au coin d'la rue des martyrs qui fait l'angle avec celle d' la providence. Il me dit qu'il n'est pas pour les donneurs de *leçons qui étiquettent de beaux discours boudhico-taoïstes sans même avoir parfois côtoyé la douleur, la souffrance et la solitude, et passent leur temps à avoir envie de baiser. Il me dit qu' la vie, elle est faite d'une bonne bouteille de rhum que t'as sifflée seul dans ton coin. Et d'la gueule de bois le matin au réveil quand la veille on t'a appris ton cancer. Et puis un soir à l'improviste, la vie, elle t'invite à danser. Il me dit, la vie est faite de cette main qu'tu tiens du bout des doigts et d'la caresse d'un souffle dans le creux d'une oreille amoureuse. Qu'elle est pleine de rencontres, de séparations, de déchirements, de guérisons. De fautes d'orthographe ou de faux pas. D'un chant de coquelicots rouge éphémère qui agitent leurs grelots dans la fine brise. Du parfum de fleur d'oranger dans un thé berbère amicalement offert au milieu du dessert à la fin d'un bon repas ou parfois le chauvin coule à flot. Il dit, qu'la vie c'est des rêves et des projets. Qu'elle est pleine d'échecs, ou de petits culs qu'tu mates. De sentiments inavoués. Qu'la vie est pleine de boursouflures, de piqûres, d'Épicure qui ne foutent rien, d'orgasmes, d'éjaculations féroces et d'élucubrations précoces. Il **me dit**, J'l'aimais Richard, j'aime ces gens qui vivent d'la puissance des émotions. Qui pleurent quand ils prennent des claques et qui rigolent de leurs incapacités à surmonter la vie. Qui font la gueule sans s'cacher, ou qui rient seuls sur leur siège de TGV. Les intellos, les gens* ternes, les brillants, les mats, les mecs à tics, les femmes à tocs qui attendent au lavomatique. Ceux qui offrent des cadeaux en toc en payant avec des chèques cadhoc. Tout ça, pendant qu' l'horloge essaye tant bien qu'mal avec son tic-tac de battre la seconde en s'laissant déborder par le temps qui va plus vite qu'elle ! Il dit qu'il aime ceux qui roulent au volant d'une mécanique du vide ou qui sniffent du quantum parce qu'ils ont pas d'sous pour de l'opium. Tout ça fait qu'la vie est une douce poésie. Les cris, la mélancolie. Les rires-fous, les trop sérieux, les timides, les joyeux. Les ch't'aime, les ch'te quitte. Les incipits. Les histoires à rallonge. Les blagues courtes. La musique. Le cinéma. Le bling bling. Le kitsch. Le vintage. Le moderne. Le voyage. Le mouvement, le statique. Tout ça c'est l'terreau fertile de la douce et subtile poésie d'la vie. Et voilà qu'lui, ce pauv'Richard qu'avait rien fait, rien demandé, on lui a pris la sienne ».

Richard était mort. En héros. La nuit précédente, il avait tenté de s'interposer alors qu'un groupe d'extrême droite à tendance crâne rasé, peau grimée de croix gammée, agressait un couple avec des noms à consonance musulmane. Le couple avait réussi à leur échapper, pas Richard. Avec plusieurs coups de couteau dans le lard. S'en était fini pour lui. Et du coup peut-être pour moi. Je n'ai plus envie. La vie c'est tout ça, tout ce que m'évoque cet aimable serveur. Oui, c'est vrai,

197

pour certains ! Dans ce cas, elle n'a aucun sens ! On court pour essayer d'être quelqu'un. Souvent, la vie est une lutte. Et si par bonheur on obtient d'elle, on perd tout du jour au lendemain, jusqu'à la perdre elle. Je m'essouffle. Je n'ai même plus la force pour avoir de la haine. Ils n'auront pas ma haine. J'irai à l'enterrement de Richard. Je lui dois ça. Et grâce à lui l'espoir vivra. Non, je ne me résignerai pas.

L'inhumation avait lieu deux jours plus tard au cimetière du Calvaire, en haut de la butte Montmartre. Le serveur me dit que le couple avait tenu à prendre en charge l'enterrement. Richard n'était plus là pour leur dire merci, à eux qui, en cadeau, avaient conservé la vie. La messe fut dite. Église du Sacré-Cœur. Une cathédrale d'un blanc immaculé pour un cœur pur. Oh ! Richard tu manques déjà !

Comme j'arrivais en cours de route, je m'installais au fond. L'hommage fut beau. Quelques habitués du boulevard de Clichy étaient présents. Je reconnus des filles des bars de Pigalle, certains habitants du quartier qui avaient pris l'habitude d'offrir à Richard une pièce de monnaie ou des aliments après la sortie des courses. Il y avait aussi le serveur. Tour à tour, il y eut un défilé de discours. Le prêtre pour terminer fit signe à un homme du premier rang pour lui demander de le rejoindre. L'homme s'installa debout au pupitre juste à côté du cercueil en merisier dans lequel Richard avait trouvé son sommeil. Une boite en bois, vernie et cerclée d'or bien plus luxueuse que le coin de la rue où il vivait. Le prêtre prononça ces derniers mots :

– *Pour terminer l'hommage à notre frère, je donne la parole à l'homme qui lui doit la vie.* Monsieur Muharrem Radav.

– *De là où tu es, j'espère que tu entends. Je suis arrivé dans ce pays sans le sous. Et même si je n'ai jamais été à la rue, c'est elle qui m'a forgé. Comme toi, je sais ce que c'est de ne rien avoir, mais je n'ai jamais perdu espoir. À entendre tous ces témoignages, je crois que toi aussi tu étais comme cela. Grâce à la persévérance, j'ai réussi à être qui je suis. Aujourd'hui, c'est à toi que je rends grâce, toi qui ne me connaissais pas mais qui m'as sauvé la vie.*

Le prêtre invite les gens à venir porter le cercueil pour le conduire jusqu'au caveau du cimetière. Je me désigne volontaire. Je me retrouve à côté de cet homme. Grand. Bedonnant. Cheveux gris hirsutes et calvitie. Pantalon trop large, comme son sourire en coin mal dissimulé qui en dit long. Qui lui donne un air de ne pas en revenir. Et moi non plus je n'en reviens pas ! Lui, d'être ici-bas plutôt que dans cette boite en bois, et moi ! Moi, de me retrouver là.

À côté de celui que je n'aurai jamais pensé voir un jour. Muharrem Radav, est là, à bout de bras sur la poignée du cercueil de Richard opposée à celle que je porte avec une profonde tristesse. Nous sortons de l'église en tête de cortège, par le côté gauche qui donne sur la rue pavée du Cardinal Guilbert. Il faut juste la traverser pour accéder au cimetière. Nous allions offrir la dépouille de Richard à la terre. Je rigole intérieurement en me disant que s'il n'avait que la peau sur les os pour la nourrir, elle se rassasiera de tellement de générosité. Et pendant ce temps-là, dans tout le quartier de Montmartre, la fanfare touristique bat son plein. Cartes postales et cornets de glaces. Groupes d'Asiatiques guidés par un parapluie rose levé en l'air. Portraitistes futuristes et aquarellistes passéistes draguant le touriste avec gouaille. Rues chargées de symbolisme, de romantisme et autres ismes entre Chat Noir et Square Nadar. Et juste en bas, le tout Paris. Le jour est solennel et triste. Mais de cette vue qui domine Paris sous le soleil du mois d'Août, Paris est belle, joyeuse, intemporelle. Malgré mes pensées vagabondes, je garde le port digne, et le regard droit. Je suis tiré de ma contemplation par l'interpellation de mon voisin de cortège.

- Vous connaissiez ce… cet homme ? Un proche peut-être ? Famille, ami ou voisin de palier ahaha… ?

- Richard était un ami. Les gens comme lui n'ont rien et ce sont eux qui ont raison parce que ce qu'il leur reste, est un trésor. L'humanité. Et je crois qu'il vous en a fait la plus belle preuve monsieur... Comment déjà ?

- Je ne voulais pas vous offenser. Évidemment, je lui dois la vie. Mais comment le remercier ? Vous le connaissiez bien ?

Jusqu'à la fin de l'enterrement je ne pus dire un mot de plus. Et lui non plus. Pris par l'ironie de l'instant. Trouver une idée pour obtenir de Radav des informations. Et celle qui l'accompagnait ce soir-là ? Le jour de l'agression. Qui était-ce ? Je ne voyais aucune personne, dans le cortège, pouvant ressembler à ma mère. Tout se bousculait dans mon cerveau. J'étais en conflit avec moi-même. Utiliser Richard ce serait le trahir. Mais j'ai trop peu de temps. Et plus aucun autre moyen. Une fois la cérémonie terminée, chacun rentrerait chez soi. Il fallait que je prenne ma décision.

- Mr Radav, vous êtes de ce pays à la pointe des balkans je crois ? Il m'a été remis quelques effets personnels de Richard. Et parmi eux, la marque d'un souvenir cher. Lorsqu'il s'est retrouvé à la rue, il est parti de Troyes pour s'installer à Paris. Pour côtoyer son rêve de plus près. S'enivrer de musique. Il s'est posé au coin de cette rue et n'en a pas bougé. Il m'a souvent évoqué sa première

rencontre, dès son premier jour. Un cadeau divin disait-il. Une providence. Une rencontre avec une chanteuse. Qui, semble-t-il venait de votre pays. Et qu'il revoyait souvent lorsqu'elle se produisait, pas loin d'ici. Ils entretenaient une sorte de complicité. C'était son moment de rêve, fréquenter une diva. Elle lui avait donné ceci en signe de leur amitié. Et je suis sûr, que lui restituer aurait certainement été l'une de ses dernières volontés.

J'extirpais la boite, la tendit à Radav la mine dubitative et circonspecte.

- Ahaha, une boite de pastilles pour la gorge. J'ai connu une chanteuse qui, ayant peur de souffrir souvent de la voix, raffolait de ces pastilles jaunes et blanches.

Le mystère fut de courte durée, car en le disant il comprit. La Solutricine, les balkans, le quartier de Pigalle créa l'évidence. Il ouvrit la boite avec précipitation. Évidemment ! Il la connaissait ! L'émotion de la surprise le rendit bavard. Il se livra, comme on le fait avec un vieil ami. Ils s'étaient rencontrés alors qu'elle était à peine arrivée à Paris. Dans un dîner mondain. Ils s'étaient revus, elle l'avait touché. Par sa fragilité, par sa volonté de réussir et de s'accrocher. Alors qu'elle disait avoir été mise dehors par le village où elle s'était installée sans aucun soutien de l'homme avec qui elle vivait. Il avait été attiré. Par sa jeunesse. Et sa fraiche beauté. Il venait de divorcer d'une française. Les françaises, trop libres et trop volages selon lui. Il lui avait fallu retrouver ses racines, ses valeurs avec une fille du pays. Elle était arrivée comme un cadeau au bon moment. Ils s'étaient très vite fréquentés. Il avait joué des coudes pour y arriver dans le monde de la nuit. Pour elle, il avait fait jouer son réseau afin qu'elle puisse accéder à la réussite tellement convoitée. Le deal était presque clair et assumé. Il avait sa fraicheur, sa ferveur, son appétit au lit, il lui offrait le confort, son univers du tout Paris, son carnet d'adresse et son appui. Elle commençait à se faire un nom Eni Gjelbër. Je voulais en savoir tellement plus. Quelle femme était-elle ? Parlait-elle de moi, de mon père ? Avait-elle du talent ? Quels étaient ses goûts, sa couleur préférée, buvait-elle du thé ou du café ? Était-elle douce et câline ? Aimait-elle le chocolat ? Noir ou au lait ? Tout ce qui manque depuis l'enfance pour se construire l'image d'une mère. Je m'étais fabriqué mes réponses.

Là, j'effleure du doigt la vérité sans pouvoir aller plus loin. Je dois garder les mots à l'intérieur. Ils affluent de ma tête, irriguent mon cœur en martelant mes tempes à chaque pulsation, ils amplifient à chaque inspiration. Je serre les mâchoires en me mordant la langue au sang pour l'immobiliser. Puis les mots déferlent de mon souffle à chaque expiration pour venir se heurter sur mes lèvres pincées. Comme un flux acide me rongeant de l'intérieur.

- *Je ne l'ai pas vue parmi nous. Et pourtant elle avait certainement autant de reconnaissance que vous, que Richard vous ait sauvés la vie ?*

- *Tu t'égares jeune homme. Celle qui m'accompagnait est ma femme actuelle. Eni c'est du passé. Nous n'avons été ensemble que deux ans.*

- *Vous voulez dire que vous ne la voyez plus ? Mais alors comment lui remettre la photo et lui dire pour Richard ?*

- *Je ne l'ai pas revue depuis qu'elle est partie. Ça doit faire 5 ans maintenant. Malheureusement, lorsque l'on n'en prend pas soin, la réussite s'essouffle. Elle a quitté Paris, la France, et est retournée au pays.*

- *Elle n'est plus ici. Que voulez-vous dire ? Elle n'a pas rencontré le succès ? Ce qui rend beau le beau c'est la façon que nous avons de regarder les choses futiles et banales suivant le modèle que nous fixent nos sens, nos émotions. C'est la capacité que nous avons à connecter notre réel à notre intime au plus près de notre authenticité profonde. C'est certainement ça ! L'artiste créateur sait ensuite le sublimer et le restituer en se mettant à nu et en faisant un don d'amour de son monde intérieur.*

- Oui tu as surement raison, mais quand l'ambition est plus forte que la générosité, les masques finissent toujours par tomber. Et le talent s'épuise. C'est ce qui lui est arrivé.

- Quel gâchis ! Sauriez-vous où elle se trouve et comment la joindre ?

- Richard devait être quelqu'un d'important pour toi. Pour prendre autant à cœur cette mission ? D'où je viens l'honneur est un sixième sens, alors je vais t'aider. Je peux juste te dire où trouver sa famille. C'est malheureusement tout ce que je sais.

Par étape. Chaque jour je gagne du terrain. Vers elle. Cette idéologie néfaste disséminée par le borgne d'extrême droite, a barré la route à ma quête. Une idéologie générant des tensions, et qui a certainement réveillé d'anciennes querelles ouvrant un terrain de jeu propice aux terroristes. Elle a mis en marche des milices prêtes à faire un ménage ethnique, nous faisant croire que l'ennemi c'est l'autre, le différent. Sans même vraiment combattre ce bourreau, sans le vouloir il m'a conduit sur le chemin qui me mène enfin à ma mère. C'est ce que je dois à la vie. Toujours lutter contre l'exclusion, le racisme et tout ce qui conduit à vouloir dissocier. Dissocier les gens entre eux, dissocier l'humain de la nature, dissocier le corps et l'esprit. Voilà quelle sera ma voie.

Je décide d'aller la retrouver dans son pays. Je prends l'avion pour la première fois de ma vie. Un grand mouvement en prenant de l'altitude. Je rejoins mon rêve. Je deviens ce rapace qui flâne au ciel d'azur de méditerranée. Ma vision est aussi claire et perçante maintenant. J'ai saisi chaque épreuve comme autant d'opportunités de trouver le bon chemin. Ce qui compte c'est l'énergie vers cette chose plus que cette chose elle-même. Qu'elle soit tempête, ou brise fine dans un champ de fleurs, c'est cette énergie du mouvement qui transforme chaque moment pour rendre le paysage beau et changeant

PARTIE IV

POUR QUELQUES EMBRUNS DE MERE

Nous avions quitté Paris deux heures plus tôt. L'avion, après avoir survolé l'Italie, me permet de reprendre contact avec la mer que je n'avais pas croisée depuis des mois. En voyant le scintillement du soleil se refléter sur la surface calme à travers l'étroit hublot, je ressens un apaisement familier. Le pilote annonça : *« Mesdames messieurs, nous survolons actuellement la mer Adriatique et passerons très vite haut-dessus de la mer Ionienne, nous atteindrons Tirana d'ici une heure ».* Ce pays est à la croisée de mon chemin puisqu'il est, sans que je ne le connaisse encore, un peu le mien. Je reste éveillé avec le groove d'Aeroplane des Red Hot dont j'avais glissé subrepticement le CD dans la poche intérieure de ma veste dans ce magasin de musique avant de quitter mon île pour Massilia. Pendant le vol, j'ai bien tenté de communiquer avant de me plonger dans la musique. Avec la dame assise au même rang que moi coté couloir. Une vieille dame qui, malgré son âge dépassé tout autant que son esprit à cause de l'inconfort que lui procure le voyage, garde un regard vif de jeune fille. Elle est vêtue d'une robe noire découpée dans un tissu rêche. Ses pieds, au bout de chevilles gonflées, sont chaussés d'escarpins plats aux semelles usées sur l'extérieur sans doute à cause de ses jambes arquées. Elle me parle en me montrant du doigt dans sa langue que je ne peux identifier. *« Ju jeni shqiptar ? Tiröne ?* ».*

* *Tu es Albanais, de Tirana*

Autour de nous, les autres passagers ont tous des traits de visages singuliers. Ciselés comme les reliefs que j'avais aperçus en bas par le hublot. Le nez souvent aquilin pour les hommes, des traits fins mais rehaussés d'une posture presque féline pour les femmes. Et, pour chacun d'eux, un teint braisé et des chevelures d'un noir aussi profond que leurs regards.

Le voyage est pour moi l'occasion de passer en revue tout ce que j'avais traversé jusque-là durant cette courte période. Chacun avait dit vrai. Johnny à propos de la rencontre avec Artemisa et de la traversée du miroir. La chovihani et Artemisa elle-même sur la nécessité du mouvement. Richard sur l'importance d'ancrer nos rêves à l'intérieur de nous.

L'impulsion, l'étincelle de vie. Celle qui m'a empêché ce qui aurait certainement fini par se produire. N'être plus que l'ombre de moi-même. Reproduire ce que j'avais tenté au bord de la falaise. Mettre fin à mes jours. Je ne l'ai pas perçu tout de suite, mais j'avais initié le mouvement. Je ne savais pas exactement vers quoi. Ni vers où. Maintenant je le sais, il me faut choyer cette flamme persistante qui m'a empêché de commettre le pire. Je suis préparé depuis l'enfance. Pas d'attachement. Personne pour me retenir si ce n'est mon île et mon fidèle compagnon. Le discours régulier du fou, mon rêve, le rejet des gens du village.

Sans tout cela, je serais resté figé. Il n'y a pas de hasard. Je serais mort à petit feu. Sans toutes les épreuves dernièrement parcourues je ne me serais jamais mis face à moi-même. Il n'y a pas de hasard. Tout est parfait. A la bonne place. Et bientôt, oui bientôt, je pourrai rattraper le temps perdu avec elle. Oh oui je l'imagine. Oui ! Une femme forte et fragile. Un caractère puissant, une sensibilité à fleur de sang. Une femme qui veille sur les autres et s'attache à ce que tout le monde aille bien. Une femme louve dont l'unique raison est de prendre soin. Cette mère, je l'imagine comme ma première rencontre. Il n'y a pas de hasard. Artemisa. J'ai trouvé en elle cette mère-là. Le miroir, disait le fou. Les cheveux d'ébène, la musique et le chant. Le regard bienveillant. Il n'y a pas de hasard. C'est sûr, c'est elle que je voyais à travers ce premier amour.

Shqipëria. L'avion vient d'atterrir sans encombre. Les passagers applaudissent comme si le pilote accomplit son baptême d'atterrissage. Je prends un taxi local qui n'a rien d'un taxi. Une vieille allemande toute corrodée, dont le chauffeur ouvre la portière côté passager d'un coup de fesse bien placé au niveau de la poignée. Nous sommes cinq à monter à bord. Au fur et à mesure que nous avançons vers la capitale je suis frappé par le contraste entre ce que j'avais découvert de nos grandes villes et ce pays dont le développement semble s'être figé.

La route 29 en ligne droite, qui relie l'aéroport au centre-ville, entaille le paysage sur une seule et unique voie. Après un brin de nature monotone, elle traverse des quartiers à la conception architecturale hétéroclite de styles et d'époques. Puis enfin, elle atteint l'entrée de la ville qui démarre à un rond-point au centre duquel trône fièrement une immense sculpture de fer noir sur un socle de pierres taillées. L'emblème qui inlassablement se décline en noir sur fond rouge à tous les coins de rue. Un aigle à deux têtes qui ouvre la ville et me révèle mes origines. Il me saute aux yeux et aux tripes. Shqiperia le pays des aigles. Ce vol qui m'accompagne depuis la nuit des temps.

Je suis cet aigle bicéphale. Une partie de mon âme issue de mon île, l'autre, perdue dans les méandres de mon existence cherchant ici un chemin à se frayer dans une langue qui lui est étrangère. Si je suis ici, c'est pour réunifier les deux. Pour trouver mon axe de symétrie. Pour que les deux faces accolées, une fois superposées, ces deux parts de moi-même, coïncident parfaitement. Pour qu'enfin l'aigle prenne son envol.

Le taxi poursuit sa route sur le grand axe formé par la Rruga Durrësit rejoignant le cœur de la cité. Pour mieux découvrir l'endroit, je le fais stopper sur une gigantesque place qui regroupe des édifices officiels et ministériels. Un grand théâtre portant le nom « *Teatri Kombëtar i Operas dhe Baletit* », un musée d'histoire nationale, une mosquée et, au centre, une grande étendue d'herbe sur laquelle s'érige la statue de bronze d'un imposant cavalier portant longue barbe et casque pointu. Cet homme qui donne son nom à la place. Skënderbej, héros national ayant permis la résistance face à l'empire Ottoman au XVe siècle à ce que m'en raconte le chauffeur. Je pars ensuite à pied. Dans un enchevêtrement de rues plutôt étroites et au bitume écaillé. En levant la tête, je suis surpris par d'impressionnantes toiles d'araignées constituées par le réseau de câbles téléphoniques reliant les habitations entre elles. Je quitte les rues pour marcher le long d'un canal qui ressemble plus à un égout à ciel ouvert. Et même si le gazon le bordant lui confère un caractère champêtre, la quantité astronomique de déchets qui le jonchent donne aux gitans, embauchés pour l'occasion au ramassage des ordures, du travail jusqu'à la nuit des temps. Je rejoins petit à petit l'est de la cité jusqu'au quartier Ali Demi où se trouve l'adresse. Je réalise que c'est une partie de ma famille que je m'apprête à sortir de son paisible quotidien. Moi qui ai été enfanté dans l'oubli, je débarque à l'improviste sans attendre la permission. Pourquoi devrais-je mentir plus longtemps ? Je suis légitime puisque leur sang coule dans mes veines. J'ignore s'ils savent mon existence. Mais je ne resterai pas une amnésie. Si je continue à le croire, c'est ce que je resterai toujours. Je ne suis pas un spectre.

Je suis Alesiu, enfant d'une île sauvage et du pays des aigles, fils d'Eni Gjelbër et de père anonyme. Cela fait de moi qui je suis. Je me suis fait tout seul mais j'ai besoin de savoir où j'ai pris racine pour mieux jouir de la liberté d'être qui je suis. Parce que chaque jour, je porte ce secret comme un fardeau. Tant que cela ne sera pas résolu, mon mental tournera en boucle, désireux de lever le voile.

En arrivant dans l'allée étroite de goudron et de terre mêlés, je réalise que, plus que jamais, je vais trouver ce bout de moi-même. Peut-être même que c'est elle qui m'ouvrira. Est-ce qu'elle me reconnaitra ? Une mère reconnait toujours son enfant ? C'est comme cela parmi les bêtes. Même après plusieurs années de séparation, dans les pâturages de nos montagnes. Une mère reconnait toujours son enfant. Cet instant, qui ne dure pourtant que quelques minutes, s'éternise. Je suis devant une porte de métal grise qui jouxte deux immeubles. La rue est sombre et humide. Le ciel est parsemé de nuages. Quelques trouées émettent des rayons donnant un ton laiteux me rendant presque invisible face à ma propre pâleur. Les soubresauts engendrés par les battements venant faire percuter mon cœur contre les os de ma cage thoracique sont si puissant que j'ai l'impression qu'ils raisonnent dans tout le quartier. Mes mains sont lestes. L'emprise de la peur est comme la charge des chaines aux poignets du bagnard qu'on conduit jusqu'à sa repentance finale et définitive. On vient de m'inoculer le poison infiltrant déjà mes veines et m'empêchant d'en faire plus. La porte de métal froide, grise et figée ne m'invite guère au dépassement de moi-même. Je m'appuis contre le mur d'en face. Les paumes contre sa face encore chaude de l'après-midi. J'incline la tête en arrière pour vider ce sac d'incertitude comprimant mon cerveau dans sa cavité. J'ai des sueurs froides qui s'évaporent au contact de l'air ambiant qui engloutit tout autour. Tout me rappelle Artemisa et la communauté. Les visages, les enfants rois à qui on laisse libre cours, le caractère fier, les habits d'un autre temps et maladroitement assortis, les sourires édentés. J'ai vu peu de choses mais suffisamment pour comprendre que je suis au bon endroit. Au bon moment. Tout cela me fait revenir à moi. Je fais un pas, je tends le bras, je presse le bouton rond de plastique blanc de la sonnette. Le dring s'éternise dans ma tête. J'entends des pas lourds qui s'épuisent sur le béton se diriger jusqu'à moi « *Kush ësthë ?* ». La voix d'une femme. Je suis prêt ! Si près. Je n'ai plus le temps pour la réflexion. Pas le temps pour une nouvelle invention. Le verrou de la porte tourne sept fois sur lui-même, et ma langue fait de même pour se préparer à parler. La porte s'entre-ouvre, laissant filtrer la voix aigüe de cette femme répétant son «*Kush quelque chose*». Elle glisse un œil méfiant dans l'interstice formé par l'entrebâillement de la porte. Impossible de distinguer qui que ce soit. Je sors machinalement la photo de ma mère que je brandis devant moi en baragouinant les quelques mots d'italien qu'il me reste parce que j'ai remarqué que les gens d'ici le maitrisent dans un accent impeccable.

*- Ciao cerco questa persona. Ho sentito che vive qui. Io vengo dalla Francia da un amico comune ». ***

          La porte s'ouvre sur une femme. Malheureusement pas sur celle à laquelle je m'attends. Elle parait plus âgée, plus en rondeurs. Sa chevelure longue et noire parsemée de mèches blanches est tirée en une longue queue de cheval. Elle vient d'arroser les plantes qui ornent l'entrée de la maison que j'aperçois derrière elle au bout d'une allée étroite tracée dans un béton éventré. L'arrosoir vert encore à la main, elle ne me parait pas surprise. Son visage exprime une certaine gêne. Sans dire un mot, elle me fait signe d'entrer et me prie de la suivre. Dans un français, certes approximatif, mais surprenant de justesse, elle me demande de me diriger dans le salon qui se situe en face du hall d'entrée, et de m'installer dans le canapé. Elle se dirige aussitôt vers la petite cuisine. Prépare quelques victuailles en me tournant le dos. La pièce n'est pas très grande et l'espace optimisé. Un canapé en angle contre le fond à droite entourant une table basse posée sur un tapis oriental. À gauche de la porte, la table à manger contre

* Bonjour, je cherche cette personne. On m'a dit qu'elle vit ici.
Je viens de France de la part d'un ami commun

le mur, suivie d'une télé capricieuse posée sur un guéridon, puis en enfilade la table de cuisson faite de deux bruleurs à gaz de camping protégés du vieillissement par une couche de papier aluminium. Juste à côté, un vieux four à gaz. Dans un léger renfoncement, les rangements pour la vaisselle, l'évier, puis le frigo. La dame s'affaire en passant de l'un à l'autre des éléments dans un bruit de portes de placards qui s'ouvrent et se ferment, de vaisselle qui s'entrechoque, de légumes et de fruits se faisant éplucher. Elle confectionne et dépose devant moi cinq à six plats. Une belle tranche de fromage de brebis frais et compact relevé d'un filet d'huile d'olive, un bol de courgettes baignant dans un yaourt généreusement aillé, du concombre frais découpé en lamelle, du melon vert, du pain, une grande coupe de fruits variés. Sous mon nez, elle présente une bouteille de Jack Daniels qui ne contient pas de whisky mais un liquide parfaitement translucide et un verre à liqueur en précisant avec fierté « *Raki maison très bon*».
Elle m'invite à manger et boire. Sans dire un mot, sans échanger un regard. Je suis un homme, je suis son hôte, je suis un étranger. Au fur et à mesure que je mange, la table s'emplit de plus en plus. À croire qu'ici on nourrit l'étranger avant de nourrir ses propres enfants. Je mange sans avoir faim, et j'arrose le tout de cet alcool que je ne connais pas, mais auquel mes papilles viennent de prendre goût.

Même si je suis au milieu d'une grande ville, je suis surpris par les similitudes avec mon île. L'environnement est modeste, tout comme les maisons et les gens, mais l'accueil princier. Vers 17h30, la porte de métal s'ouvre et se referme de nouveau. Un homme, aux cheveux grisonnants et frisés, le ventre arrondi dans son polo rayé gris et vert, me rejoint sur le canapé après avoir échangé deux mots avec la femme qu'il embrasse furtivement sur la joue. Il ne semble pas plus surpris de ma présence chez lui que ne l'avait été sa femme. Se mettant à son aise en retirant ses sandales de cuir il allonge ses jambes surement comme à son habitude. Il mange à son tour en me prodiguant régulièrement des signes pour m'inviter à faire de même encore et encore, comme si c'était pour lui normal de me recevoir en ce lieu. Une fois repu, il me tend la coupe de fruits. Alors qu'elle nous avait regardés manger durant près d'une heure, la femme entreprit la conversation en roulements de « r ».

-*Nous savions vous venir un jour. Nous savons qui être-vous.*

C'est ainsi que j'ai, hors de mon île, hors de mon pays, le premier lien de ma vie avec des membres de ma famille de sang. Mes grands-parents m'expliquent que leur fille était rentrée de France il y a près de 6 ans. Qu'elle avait eu une petite notoriété comme chanteuse mais que le monde du show business est sans pitié. Qu'elle était trop sensible, trop fragile peut-être.

Ils me disent qu'elle leur avait évoqué avoir eu un fils. Que les aléas de la vie l'avaient conduite à ne plus jamais le revoir. Mais qu'un jour, surement, il chercherait. Qu'un jour surement il trouverait. Est-ce pour cela qu'elle était partie ? Là-haut dans les montagnes du nord ? Et si finalement elle avait fui pour que ce jour n'arrive pas trop vite ? Ils ne peuvent pas me répondre, car ils ne le savent pas eux-mêmes. La gêne est palpable, la conversation dévie. Ils m'évoquent le pays. L'enfermement durant 45 ans de dictature. Le camp. Où ils avaient été installés contre leur gré, mais qui leur avait permis de se trouver, de se fréquenter et d'écrire leur histoire. Ils ironisent sur le fait que malgré l'ouverture du pays après la chute du communisme, personne aujourd'hui dans le monde ne sait où situer le pays sur une carte. Que la seule chose connue, c'est la mafia. Celle du trafic de drogue et de filles. Et celle des passeurs faisant traverser la mer à toute allure à des embarcations aux moteurs gonflés saturées de clandestins. Des aventuriers qui tentent leur chance vers l'Europe de l'ouest pour réussir une vie qu'ils rêvent meilleure. Ils m'expliquent que le pays est le plus pauvre de l'Europe. Que le pouvoir est corrompu. Que malgré toute cette misère, le peuple est éternellement optimiste. Qu'ici, trois religions cohabitent sans difficulté. Alors même que la pratique et les lieux de cultes avaient été abolis durant les années d'enfermement. Mais que la seule vraie religion qui demeure pour tous, c'est celle d'être «*Sqhiptar*», celle d'être «*fils de l'aigle*».

Qu'au fond de son cœur, chacun porte en quelque sorte le testament du pays. Celui de prendre soin de la patrie, des siens et même de l'étranger. Qu'ici des règles ancestrales persistent. Greffées dans les gènes. L'honneur, le respect, l'hospitalité, la rectitude, la loyauté et le pardon. Tout comme la vengeance. C'est le limon qui a dévalé depuis les montagnes pour continuer jusque dans les villes à abreuver leurs racines. Le Kanun. Il est l'essence, la sève de ce peuple qui comme le mien est issus des montagnes. Un code de conduite gravé dans la chair. Je suis frappé, en plein cœur. Plus ils me parlent, plus je me découvre aussi. Plus ils m'évoquent ce qu'ils sont, plus je suis moi-même. J'ai la sensation de ne jamais avoir quitté ce pays. Que je me suis nourri de tout cela. Comme si ce lien entretenu avec la terre de mon île, avec mon univers, celui qui m'a vu grandir, m'avait naturellement transmis un patrimoine organique. Ils me reparlent de leur héros national de leur Jeanne d'Arc à eux. De Skenderbeu. Du prince George Castriote, enlevé puis élevé par les Turcs. Celui qui a montré au peuple la voie de la liberté et celle de toujours résister. Qui, après avoir fait partie, contre sa volonté, de la cour et de l'armée de l'empire Ottoman soumettant le pays, avait tenu tête à la plus grande armée du monde durant 25 années et lui fit front pour reprendre sa ville d'origine. Celui qui hissa avec bravoure sur son château, le drapeau de ses armoiries, l'aigle bicéphale noir sur fond rouge, en prononçant ces paroles qui forgent le cœur et résonnent à jamais dans l'âme de tous : «*je ne vous ai pas amené la liberté, je l'ai trouvé ici en chacun de vous*».

Ma grand-mère, Nina, puisque c'est ainsi que l'appelait son mari, prononce cette phrase qui prend pour moi tout son sens : « *on ne peut défier les désirs de la nature, mais on doit toujours être capable de résister aux diktats des hommes* ».

Je ne laisserais pas ceux de mon île me définir. Je ne saurai même pas me définir moi-même, alors pourquoi les laisserais-je le faire pour moi ? Dans les phrases, dans les mots qui émanent de ces aïeux que je découvre à peine, il y a cette fierté profonde d'unité d'un peuple et d'appartenance à sa terre pas plus grande qu'une région de France. Un peuple qui revendique sa singularité, celle de sa langue, de son histoire et de sa culture face au reste du monde. Je connais tout cela. C'est imprégné en moi car c'est tout l'histoire de mon île. Je ne suis pas creux. Je suis poreux ! Spongieux même ! De cette absorption permanente. Comme un papier buvard qui aspire la tâche d'encre. Je m'imbibe de ce que m'inspire l'univers. Je fais fi de la lourdeur et de la complexité du monde pour conserver la simplicité et l'innocence de l'enfant que j'ai encore en moi et que je préserverai. Que je choierai pour que jamais mes rêves ne s'épuisent comme de vulgaires souvenirs usés. Telles de vielles photos que l'on classe dans des albums qu'on ne consulte même plus. Qui restent là. Sur des étagères au fond d'une cave humide. Et puis un jour on tire un de ces albums au hasard parce qu'on a décidé de faire du rangement. On l'ouvre et on verse une larme sur cette photo de nous 20 ans auparavant les yeux éclairés et le sourire révélant deux fossettes sur des joues roses et charnues, tenant dans la main le trophée d'une compétition gagnée, ce diplôme avec mention qui promettait une carrière d'astronaute, ce micro aux airs de rock star, un dessin magnifique tout droit sorti de notre imaginaire. On verse une larme parce tout cela, on l'avait oublié, et qu'il est trop tard pour rallumer la flamme. Parce que ce lointain souvenir ne nous évoque même plus le soupçon d'une émotion. Il ne nous rappelle aucune saveur, aucun parfum, aucun son de voix. Plus rien de tout cela ne nous revient à l'esprit. Le rêve est là, encore en image sous nos yeux impuissants. Image inerte. Morte.

Et là, moi, je vais enfin pouvoir donner vie à cette photo jaunie qui trépigne au fond de ma poche depuis bien trop longtemps.

Après cette longue soirée arrosée de Raki qui, dans ce coin des Balkans, représente l'eau bienfaitrice de la vie, l'eau à réveiller les souvenirs morts, j'entre dans un état d'anesthésie qui me permet tout juste d'atteindre le lit simple dans la chambre que l'on me prépare à la hâte à l'étage. Le premier niveau en compte deux. Celle de mes hôtes et celle de leur fille avant qu'elle ne parte vivre sa vie. Cette nuit, sa chambre sera la mienne. On y accède par un escalier fait du même marbre que tout le sol de la maison. Car même si l'ensemble reste modeste, on a veillé à utiliser pour le foyer que l'homme a bâti de ses mains des matériaux soignés et durables. J'arrive sur le lit, je m'effondre inanimé. La nuit sera profonde. Bien qu'il n'y ait qu'une heure de décalage horaire, je fais le tour du cadran. Mes grands-parents sont partis travailler de bonne heure. Tout a été laissé au petit soin pour mon réveil. Le petit déjeuner aussi copieux que le repas de la veille, sans le Raki. De quoi me laver, un plan de la ville avec quelques indications si je souhaite connaitre un peu d'histoire et me restaurer de plats typiques. Le tout est posé sur la table du salon. Flâner ici comme je l'ai fait sur mon île. Me forger avec ce rendez-vous en terre inconnue mais qui me parle depuis mon arrivée. Ce soir je leur demanderai enfin où trouver ma mère pour la rejoindre dès demain. En attendant, je visite Tiranë. Cette ville qui prend son envol. Essor bouillonnant. Les rues sont pleines de cafés, où la plupart du temps les hommes se retrouvent. Des hommes au visage ciselé par le burin froid et vif de l'air des montagnes. Le corps trapu pour affirmer une confiance et rester bien ancré aux pentes abruptes des cimes. Aux terrasses, on parle fort à s'empoigner, on fume et on s'enivre à s'embrouiller l'esprit, en se demandant des nouvelles de toute la famille avec fierté mais on refait aussi le monde avec une mauvaise foi de rigueur. Sur les grands boulevards, les échoppes sont de si petite taille qu'elles dégoulinent sur les trottoirs. On y vend des vélos, des bassines, des chaussures, des roues de voitures ou autres fioritures. J'aime cette ambiance de bazar aux airs d'une grande imposture consentie.

A presque chaque coin de rue, un homme fait griller quelques épis de maïs à même les braises, que l'on achète pour un lek. Et près des squares, des gitanes vendent des fripes ou des jouets de plastique. Autour du centre, par lequel j'avais abordé la ville, pullulent des constructions anarchiques. Mélange de renouveau et de décadence. Les voitures, de grosses Mercedes, ancien modèle pour la plupart, encore interdites et quasiment absentes des routes cinq ans auparavant, se croisent à toute allure dans un désordre élaboré et presque concerté. Tiranë dispose à s'y méprendre de presque tous les attributs d'une ville moderne, sans que rien n'y soit réellement achevé. Comme si on instaurait une légère procrastination pour s'immiscer en douceur vers le progrès libéré. Progrès qui bénéficie pour l'essentiel à quelques privilégiés sachant huiler les rouages à qui de droit. Le midi, je me rends dans l'une des adresses recommandées au crayon de papier sur un post-it. « *Vous demande Fërgesë – prononcé feurgueusé- au ristorante Zgara Dardan*». Fërgesë que l'on me sert dans un plat de terre cuite sortie du four. Une viande de foie cuite dans des œufs battus avec du poivron et des tomates. L'accueil n'est pas jovial, mais il suffit de 10 minutes pour que le jeune serveur au chapeau traditionnel de feutre blanc et moi devenions camarades. Car même si aucune analogie de langue ne nous permet de communiquer de façon intelligible, nos gestes et grimaces font l'affaire. Il me propose de m'accompagner le restant de l'après-midi. Je décide d'arpenter la ville par moi-même.

En me disant que je la regarderai comme l'a regardée ma mère. En passant par les mêmes lieux. Mes pas dans les siens. Ma visite est en permanence interrompue par les passants qui, remarquant que je ne suis pas d'ici, tiennent absolument à tout connaitre de moi, savoir de quelle manière ils peuvent me venir en aide. J'ai beau avoir passé ces quelques derniers mois à la ville et y avoir pris goût, je commence à ressentir l'appel de mon monde sauvage. La ville m'agresse.

Les âmes de ce pays sont de cette trempe. Insoumises. Aussi brutales et vives que les cours d'eau dont personne ne maitrise le flux. Ces gens conservent ce caractère guerrier et fier. Car si le pays est resté fermé, c'est sa position et son histoire qui ont construit son identité et sa culture. Protégé de ses voisins par une chaine de montage et ouverte à l'occident sur l'ensemble de sa façade maritime. Souvent convoité par un certain nombre d'empires voulant affirmer leur puissance. Je retrouve le caractère vaillant, intrépide et rancunier des hommes de mon île qui vouent un sens de l'honneur au clan encore plus puissant que le lien à leur mère.

En intégrant un peu de leur espace, je commence à faire partie de ce clan. La journée se finissant, je retourne auprès des miens. Le même rituel que celui de la veille recommence. Nina a préparé la recette typique de sa région « La Carpe du lac de Shkodër » commandée spécialement pour l'occasion. Elle me livre avec condescendance que cette ville, Shkoder, sa ville, reste la capitale culturelle et intellectuelle du pays. Le repas est copieux. Je compris vite pourquoi. Toute la soirée c'est un défilé. D'amis, de gens de la famille, de voisins. À l'improviste. Pour présenter l'étranger que je suis et qu'on accueille ici. Je perds espoir d'avoir un espace pour la conversation que j'avais élaborée toute la journée dans ma tête. À chaque départ, un autre convive se présente. Chaque venue ponctue la soirée. Tout semble un éternel recommencement. Se servir à manger. Boire cul-sec son verre de Raki en trinquant de ce mot «*Gëzuar*» avec chacun des invités. À la fois je bouillonne d'impatience, à la fois je suis ému de faire partie de ce tout. De vivre ce moment qui ressemble à ce que j'aurais dû partager au village. Si au moins ils m'avaient accepté comme l'un des leurs, j'aurais pu avoir un semblant de famille. Puis la soirée s'achève. Nous avons mangé et bu au point qu'il faut presque nous transporter sur des brancards. Ils ont de la place, les hommes d'ici avec leur bedaine généreuse accoutumée à de telles agapes.

Alors que j'apporte mon aide au débarrassage, Nina démarre la conversation de la même mine gênée qu'au début et toujours ses « r » déferlant comme une vague sur le sable de l'Adriatique.

- *Tu venu pour Eni. Je, pas encore dit-elle que toi ici. Mais je te dire où aller. Eni partie vivre dans montagnes nord de Shkodër.*

- *Je ne sais pas comment vous remercier. Pour votre tolérance et hospitalité. Je partirai dès demain matin.*

J'ai beaucoup attendu ce moment. Cette rencontre qui devrait sonner comme des retrouvailles. Désolé que nous soyons des étrangers.

Ils m'ont tout indiqué. L'homme a sorti la carte routière du pays pour me montrer la route. Qu'il ouvre et étale en grand sur le canapé. Il en profite pour me faire l'histoire et la géographie du pays. Nina a toujours cet air désolé. Derrière nous. En retrait. Parce qu'ils ne peuvent faire plus. Donner plus. Et ne savent pas l'exprimer. Pas juste à cause de la langue. Non. Par pudeur. Du fait de la difficulté à accepter ce qui pourrait être une erreur de leur fille. Celle d'avoir fui. Et de n'avoir pas tout fait pour être une mère. Pour continuer à lui pardonner. Ils ne peuvent m'aimer. Juste me tolérer. Ils m'ont accueilli comme ils l'auraient fait avec n'importe quel étranger. Je m'en contente. C'est un progrès dans ma vie. Mon grand-père me conduira tôt le matin jusqu'au taxi clandestin qui fera la route vers le nord.

Le réveil est matinal. Chacun s'est levé à son heure habituelle. Je me tire doucement de mon sommeil. Nina me prépare un café turc. Dont la suspension qui reste en bouche me laissera un goût aussi persistant que le souvenir que j'aurai de ce court moment de vie. Avec cette famille que je ne reverrai plus. Très vite, je me retrouve projeté dans une voiture au confort approximatif, proche de celui de l'aller. Une vieille française, cette fois. Le chauffeur est graveleux et crade. Mal rasé, le cheveu noir et gras.

Le ventre flasque débordant d'un t-shirt trop large, mais si court qu'il laisse apparaitre un nombrilisme insolant, imposant. Une vulgarité et une suffisance qui conduisent à se questionner sur la nature humaine. Il me fait assoir à l'arrière. C'est mon grand-père qui, en douce, règle le montant du trajet. Le conducteur monte. Démarre sur des chapeaux de roues. Sa conduite est comme lui. Maladroite et brutale, agressive. Approximative. Nous sortons de la ville par le chemin inverse à celui de mon arrivée. La voiture s'arrête sur le bas-côté d'une avenue remplie d'immenses et innombrables magasins d'ameublement poussant à la consommation pour récupérer un homme qui s'installe à l'avant, côté passager. Les deux individus se connaissent et engage la conversation. Le chauffard reprend la route à toute berzingue en slalomant entre les voitures sur des files hypothétiques. Je tente sans succès de boucler ma ceinture, vraisemblablement défectueuse. Ce qui n'est pas sans amuser l'animal qui me véhicule. «*Pas Mercedes ! Voiture qualité française ahaha*». Avant la route pour l'aéroport, nous bifurquons vers le nord. Nous récupérons deux nouveaux passagers. Je m'endors. Je m'endors plein de désirs et d'envies. Les mains baladeuses et sournoises de mes démons pétrissent mes entrailles par intermittence pour mieux me signifier l'enjeu de ce qui m'arrive. Je m'endors avec ce charme de l'espérance. Qui enchante doucement le sommeil vers lequel je glisse.

L'espérance. Elle est comme ces moments où je me sentais relié à mon univers. Elle est comme le souffle chaud et humide de mes bêtes que je retrouvais chaque matin dans la bergerie. Comme cette confiance établie entre Django et moi, côte à côte, coûte que coûte. Ma mère aura-t-elle cet instinct de me reconnaitre ? Verra-t-elle en moi ce nouveau-né qui, une fois déposé sur sa poitrine bombée de lait, a éveillé en elle de son premier regard son ardeur maternelle ? Je m'endors avec ce paysage nouveau qui défile. Je m'endors, mais le dormeur s'éveille. Je déploie mes ailes comme dans mon rêve, ce rêve que je ne faisais plus parce qu'il se concrétise peu à peu. Je m'endors.

Je me retrouve brutalement secoué par le chauffeur qui me tire de mon sommeil comme le faisait Antò tous les matins. Antò. Que devient-il ? Je ne le connais que trop. Inflexible. Sa vie n'a certainement pas évolué. Comme celle de tous les autres d'ailleurs. Je sors du monospace français défraichi avec en fond sonore le porc qui me servait de chauffeur, en sueur, vociférant en frottant son pouce contre son index et son majeur pour que j'allonge un peu plus que la somme qui lui avait été réglée au départ. Je fais mine de ne rien comprendre, ce qui est vrai tant il mâchonne ses mots d'italien. Je me retrouve à l'entrée de la ville d'où est originaire une partie de ma famille. Shkoder.

Je trouve, sur ce rond-point où je me situe, un nouveau chauffeur disposant d'un véhicule tout terrain fiable. C'est le seul moyen pour rejoindre le Parku Kombetar i Thethit, et plus précisément le village ou plutôt le hameau de Theth, en plein cœur des alpes qui, été comme hiver, sont uniquement accessibles par la piste. J'ai une heure d'avance. Je m'installe au café juste en face pour garder un œil sur l'aire de rendez-vous. Un vieil homme portant le béret buvant un café accompagné d'un Raki m'invite à sa table.

Je suis stupéfait que les gens d'ici aient autant d'aisance à communiquer dans une langue qu'ils ne maitrisent pas. Le vieil homme en me tendant une poignée de main ferme et assurée engage la conversation.

- Je m'appelle Jeta mais ceux qui m'aiment me nomment Jetan. Je t'offre une cigarette ? »

- Enchanté, je suis Alesiu. Merci, je ne fume pas. Mais comment avez-vous su d'où je viens ?

- Tu as les traits fins. Une gueule d'ange des héros romantiques des auteurs du 19ᵉ siècle. J'ai beaucoup lu Stendhal, Hugo, Dumas, Mérimée et plein d'autres qui m'ont permis de parler ta langue. Et surtout, ahah ! Ma favorite George Sand, elle et moi on se ressemble !

- Je suis impressionné par votre facilité à la parler. Mais qu'avez-vous de George Sand ?

- Son féminisme, la lutte contre le mariage, les préjugés et sa façon masculine de se vêtir.

- Beaucoup d'homme sont féministes ici ? Ici où lorsque la femme sert les invités, qui sont la plupart du temps des hommes, elle ne doit même pas les regarder !

- Ahahah ! Moi je suis plus que ça, je suis une burrneshë. Une vierge jurée ! Nous ne sommes plus que quelques-unes en vie. Nous sommes des femmes qui, après serment, avons juré d'être vierges et de vivre selon les us des hommes. Ahaha ! C'est pour ça que tu me vois au café réservé aux hommes à boire mon Raki et à fumer des cigarettes. C'était ça ou le mariage forcé quand j'avais 16 ans ! J'ai préféré travailler comme un homme. Et prendre la pioche et le fusil. La patrie le réclamait pendant le régime. Et puis, comme nous étions 3 sœurs et qu'il fallait bien un homme pour aider à nourrir la famille, j'ai fait ce choix.

- Et les hommes vous ont acceptée ? Comme une… Comme un des leurs ?

- J'étais chef d'une cinquantaine de paysans et plutôt très dur. J'ai su me faire respecter. Tu attends la navette pour les montagnes ? Je viens de là-bas, tu sais ! Qu'est ce qui t'emmène ici dans ce pays que personne ne connait ?

- Je viens d'une île montagne. Et aussi un peu d'ici. J'ai honte de ne pouvoir vous le dire dans cette langue qui aurait pu m'être maternelle… Si seulement j'avais eu une mère. Puisque c'est d'elle dont il s'agit. Je vais la retrouver.

- Une mère. Elle te donne le sein et puis un jour tu es sevré. Moi, je me suis fait seul, et le reste c'est la patrie qui me l'a offert. J'ai grandi dans les montagnes à garder le troupeau. C'est cela qui m'a forgé. Et crois-moi, je n'ai jamais été plus heureux que le jour où j'ai accepté tous les désavantages de ce que je suis. En acceptant mes faiblesses, je ne pouvais plus en avoir aux yeux des autres. Être vulnérable, le savoir, et l'accepter m'a rendu inattaquable. Invincible. Parce que depuis, ce que je suis est bâti sur ce que j'ai de meilleur, le reste n'appartient qu'à moi. File, il y a ton taxi.

- Faleminderit, merci, merci pour tout ça. Adieu

Ça y est ! J'y suis ! Et voilà qu'avec cette rencontre j'ai été à deux doigts de rebrousser chemin. C'est vrai que plus j'avance, plus je me rapproche de ce but, moins je ressens la nécessité de combler un vide qui n'est plus. J'étais bien plus seul entouré de personnes devenues étrangères par habitude. C'est cela, au fond la solitude. Être cerné de gens qui sont là, physiquement, et que l'on croise quotidiennement mais avec lesquels aucune connexion n'est établie.

Je grimpe dans le 4X4, nous prenons la route vers le nord-est. D'abord en longeant le grand lac duquel était sorti ce poisson cuisiné la veille, alors que sur la droite nous apercevons déjà les montagnes qui se dressent de loin en loin, derrière de vastes prairies herbeuses auxquelles succèdent de nombreux vallons.

Après avoir traversé la petite ville de Koplik, devant nous, les alpes abruptes tranchent avec le reste du paysage plat. La route double voie ne devient plus qu'une fine bande de bitume où chaque croisement de véhicule ressemble à un jeu de dupe. Le même changement s'applique au ciel bleu qui joue à cache-cache entre les pics et les nuages venant encombrer les sommets. D'un parcours dénudé, nous passons à une végétation de sapins. Puis le paysage se pèle de nouveau au fur et à mesure de notre ascension. Ici aussi, comme sur mon île, les vaches agissent en libres penseurs. Les pointes rocheuses sont parfois enneigées malgré la douceur du mois d'août. Et les bunkers de béton jonchant le sol ont remplacé les tours de pierre de mon île. De la route en longue ligne droite légèrement ascendante entre les collines du bas, on alterne avec la piste sinueuse.

Après plusieurs heures de piste chaotique et à flanc de falaise, mon chauffeur me dépose dans un gite au fond de la vallée encaissée d'où dévale une rivière à la vivacité des eaux glacières. Une vieille bâtisse de pierre et de bois, rénovée avec goût par un jeune couple ayant entrepris le cheminement inverse de la plupart de ceux de sa génération. Fuir la ville pour l'authentique, le rustique et le simple. Ils m'installent dans une chambre à grand lit double sur une vue panoramique sur ces montagnes qui ressemblent aux miennes.

Comme à l'accoutumée, le repas du soir devient rapidement un moment de partage et d'échange. En fin de soirée, au bout de la tablée, un groupe d'hommes se forme. Et de leurs âmes de simples mortels sort un chant surnaturel. Cet endroit est bien le mien. Shqiperia.

De vastes prairies verdoyantes au pied de montagnes escarpées qui plongent dans des lacs clairs. Des falaises de roches aux mille nuances surplombant les limpides et translucides Ionienne et Adriatique. Shqiperia, pays des aigles. Qui se laisse bercer par un code d'honneur si proche du pays d'où je viens. Kanun. L'aigle. Celui que je suis toutes les nuits dans ce rêve que je porte depuis l'enfance. L'aigle double qui marque le drapeau taché de sang. Ces chants d'hommes qui s'élèvent en nef. Des hommes aux faciès ciselés par l'air piquant et vif de la montagne. Ces hommes et ces femmes aux cheveux d'ébène. Ces femmes. Si magnifiques. Ces caractères. Ces femmes qui tiennent les rênes de la maison avec une soumission empruntée et une fragilité apparente. Et une langue si singulière ! Ce pays qui, durant 45 ans, est resté enfermé sur lui-même comme une île isolée. Comme mon île. Tout de ce pays me parle. Cette terre. Elle résonne presque comme une terre nourricière. Je pourrais y être né. Je ne me suis jamais senti autant chez moi aussi loin de chez moi. Si loin de ce lieu où j'ai grandi.

Aux polyphonies succédèrent des chants rythmés soutenus par une clarinette, un violon, un accordéon et des percussions. Les hommes, dans une sorte de transe, jouèrent en communion puis se turent. Un violon entama le silence quand, dans mon dos, une voix limpide et aiguisée transperça l'atmosphère : «*Asaman o trëndafili çelës...*». Mon cœur cessa de battre le temps de la première mesure. Le souffle court comme je l'avais eu au creux du maquis insulaire en entendant pour la première fois la voix d'Artemisa au parfum de Mariposa Blanca. Je n'eus pas à me retourner. La jeune femme qui n'avait sans doute pas quarante ans s'avança jusqu'aux musiciens. Je la découvrais de dos. Sa longue chevelure noire aux reflets acajou dévalait sur ses frêles épaules pour tomber jusqu'au milieu du dos qui se laissait deviner par l'échancrure d'une robe vert gazon. Elle se retourna d'un haussement d'épaule nonchalant. Son regard pointait vers le sol, le visage légèrement incliné sur sa gauche. J'étais sur sa droite. Je scrutais les traits de ce qui devait être son plus beau profil. Le visage semblait fermé, un peu plus fatigué, moins rayonnant et légèrement marqué par les ans. Mais c'était elle. La perle des Balkans. Ma maman. Son regard se détournant du sol se fixa sur le mien.

Avant cela il n'y avait rien. Avant cela je n'étais rien. Une ébauche. Une image insolite sur fond d'une existence dépourvue de sens. Et dans ma vie il n'y avait qu'un soupçon de toi, qui glissait sous mes doigts. Rien qu'une photo jaunie que je serrais contre mon cœur les soirs de pluie.

J'ouvrais cette boite de pastilles pour la gorge, délicatement, camouflé sous ma couverture de laine. J'éclairais la photo qu'elle contient encore aujourd'hui, avec ma lampe de poche, pour qu'Antò ne me repère pas. Et je fixais le cliché pour de longs échanges de regards fugitifs. Déchirants comme des coups de griffes, seul, la nuit, dans mon lit d'enfant. Sans pleurs, ni cris. Une douleur insondable que j'emportais avec moi chaque matin dans mon cartable sur le chemin de l'école. Quand mes autres camarades y glissaient leur goûter amoureusement préparé par leur maman. Avant cela, il n'y avait rien. Avant cela je n'étais rien. Juste un trait au crayon gris.

Et voilà que tu me regardes. Oui ! Regarde-moi ! Que vois-tu ? Ce moment, l'as-tu autant attendu que je ne l'ai désiré ? Regarde-moi ! Parce que dans ce que je suis il y a de toi. Vois-moi !

La musique cesse. La soirée prend fin. Elle ne m'a pas vu. Pas comme je l'attendais. Elle est plus terne que cette photo qui pourtant date. Si sa voix a, l'espace d'une musique, correspondu à l'idée que je me faisais d'elle, elle s'est vite estompée. Étouffée dans la ouate sombre et moite de l'insignifiance. Cette mère-là dégage beaucoup moins de lumière que mon vieux cliché. Aucune chaleur humaine. Un poids immense semble peser sur elle. Où sont passés cette allure élancée, ce port de tête altier, cette grâce de ballerine. Elle s'approche de moi. On ne se parle pas. On ne se regarde pas. On ne se soupçonne pas, mais on se devine. Je suis si bavard en moi-même. Cette fois, l'enjeu est grand.

Je ne sais pas par où commencer. Je sors de ma besace mon carnet de note, duquel dépasse cette page que j'avais préalablement découpée pour l'occasion. Et je lui tends la feuille pliée en deux sur laquelle, à 10 ans, j'avais écrit ces quelques lignes et au milieu de laquelle était glissée la photo d'elle.

ORPHANOS
Juste un soupçon de toi
Qui me glissait entre les doigts
Rien qu'une photo jaunie
Plaquée contre mon cœur les soirs de pluie
De longs échanges de regards fugitifs
Déchirants comme des coups de griffes
Parce qu'ils me révélaient un spectre
Souvenir lointain d'un vieil ancêtre
Avant cela il n'y avait rien
Avant cela je n'étais rien
Une ébauche, une image insolite
Que chaque jour le froid imite
Sans pleurs, sans cris
Juste un trait de crayon gris
Douleur insondable
Emportée chaque matin dans mon cartable
Quand mes camarades y glissaient leur goûter
Avant cela, il n'y avait rien à fêter

Eio Alesiu

- Je ne sais pas si nous sommes un jour de fête, mais je savais que ce moment viendrait.

- Oh Alesiu ! Je suis tellement désolée. Ils ne me pensaient pas capable d'être mère. Sans doute ont-ils eu raison. Tu le vois bien. Je n'aurais rien pu t'offrir.

- De quoi aurais-je eu besoin ? J'ai grandi sur mon île, j'aurais pu sentir cela comme un exil, mais sa nature sauvage m'a enseigné le monde. J'ai grandi auprès d'Antò, il a fait ce qu'il a pu avec ce qu'il avait à m'offrir jusqu'à atteindre sa limite. J'ai eu Django, qui a été loyal et qui, je suis sûr, le sera le jour où je le retrouverai. Et mes bêtes. J'ai eu tout cela. Sans savoir quelle était ma place. Cette place je l'aurais eue, si toi, si vous, vous me l'aviez donnée. Et voilà tout ce chemin, toutes ces riches rencontres qui me mènent jusque devant toi. Il y a quelque temps à peine, je voulais te connaitre pour comprendre qui je suis. Aujourd'hui, je le sais. Je suis Alesiu, ton fils. Je veux qu'on rattrape ce temps que nous n'avons pas eu. Je suis ici pour savoir qui tu es.

- Oh ! À la fois, c'est long à expliquer et à la fois vide de sens. Je ne suis rien aujourd'hui. Quand le pays s'est ouvert, mes parents et bien d'autres sont partis pour une autre vie. Qui a fait de nous des voyageurs. J'ai grandi dans différents pays. Entourée de musique. J'étais douée pour le chant. Puis mes parents ont voulu rentrer quand j'avais 12 ans. J'ai choisi de rester. Pour le chant. Un jour nous sommes arrivés sur cette île. Ton île.

- Et mon père ?

- Oh ! Tu ne sais rien ? Je... Je suis si triste. Ton île est comme mon pays. Régie par des règles et des codes d'honneur qui conduisent les hommes au pire.

- Que veux-tu me dire ?

- Il a surement dû fuir. À cause de tous ces lâches. Ils nous ont mis dehors. Toute la communauté. Alors je suis partie, mais je n'ai pas eu le droit de le faire avec toi. Comme ton père, tu es né sur cette terre. Tu étais l'un des leurs

- N'avez-vous pas cherché à vous retrouver ?

- Tout s'est fait très vite. On nous a chassés dans la nuit. Le matin-même, nous étions partis.

- Mais Marseille, et ensuite Paris. C'est bien là que tu es allée. Pour le chant. Puisque j'ai pu retrouver ta trace, mon père, il a bien dû faire la même chose ?

En trop plein d'évocations, le visage d'Eni prit diverses tonalités de désespérance, puis se répandit en flot d'excuses, de repentances et de larmes.

- Ce n'est pas arrivé. Nous étions… Enfin… J'étais très jeune. J'étais perdue et seule. Il fallait que j'aille de l'avant. Puis j'ai rencontré quelqu'un. Je voulais consacrer ma vie à l'art. Au chant. Oh ! Et ton père… Oh Zot, mon dieu ! Ce qu'ils ont fait ! Je suis désolée. J'avais tellement peur. Que je n'ai plus pensé qu'à moi.

- Ce qu'ils ont fait ? Qui ? De quoi parles-tu ?

- Par jalousie… Ils l'ont tué !

- Tué ! Jure-moi que non ! Pourquoi ? Qui a fait ça ?

- Il était beau, poète, courageux et surtout il n'avait besoin de personne. Lorsque nous nous sommes connus je venais d'arriver avec la communauté. Il a pris position pour nous, contre ceux qui ne voulaient pas que nous nous installions. En leur rappelant «quelu qui u riceve mica i strangeri è strangeru per ellu stesu *». Nous l'avons accueilli à bras ouvert. Et nous sommes tombés amoureux. Ça ne semblait déranger personne au début. Nous vivions entre les voyageurs et ceux du village. Les gens m'ont même très vite appréciée tant nos coutumes et nos mentalités sont proches. »

- Mais alors, pourquoi lui en auraient-ils voulu ?

- À cause d'un homme… Tout le village a fini par se liguer contre nous. Et ton père a été jugé responsable de notre venue. À cause d'un seul homme que tu connais bien !

---

* Celui qui n'accueille pas l'étranger est étranger pour lui-même

La conversation dura une grande partie de la nuit. Une nuit fraiche et étoilée sous le ciel du pays des aigles. Alesiu aurait voulu en passer bien d'autres comme celle-ci. Mais cette mère éteinte venait de montrer son incapacité à offrir ce don d'elle-même. Alesiu tentait de se convaincre qu'elle l'aurait tellement voulu. Elle ne peut plus. La vie lui a pris le peu de dignité qui lui reste.

La réussite n'a pas été à la clé de toute l'énergie et du temps investis. L'amour passionnel a entrainé tellement de déchirures. Le mouvement, c'est le cœur et l'esprit qui s'engagent. Il ne reste plus rien de tout ça. Le cœur qui ne bat plus que pour maintenir une vie tout juste physiologique. Un cœur réduit à sa fonction primaire mais qui pour le reste est inerte. Un cœur qui valse aux vents mauvais comme une feuille morte ne laissant la place ni aux souvenirs ni aux regrets. Pas un cœur froid. Pire. Un cœur desséché. Qui ne raconte plus rien. Quant à l'esprit, même s'il parait alerte, il n'a d'espace pour personne. Alors elle lui demande de partir. Devant tellement de détresse. Qu'il reste ne ferait qu'empirer le naufrage.

La rencontre. Ça n'est qu'un lapse de temps dans l'immensité du vide qui s'est installé. La rencontre. Dans ce court échange, il y a eu moins de vie que dans une seule photographie. Mais aujourd'hui, par-dessus tout, ce qui conduit Alesiu à retourner sur l'île c'est cette revanche qu'il doit prendre sur ceux du village. L'île qui l'a forgé le lui commande.

On peut tout faire pour s'éloigner de ses codes ancestraux. Grandir en marge. Ne pas se mêler aux gens. Avoir eu une existence isolée de toute influence. Il n'y a rien à faire. Alesiu est issu de ce mélange-là. De ces deux contrées fusionnées et en tous points similaires dans leur déterminisme. Le sang a été pris, il faut le reprendre. Et lui, cet homme-là, loin de tous les soupçons, par aigreur et jalousie, pour l'amour d'une femme, il avait emporté la vie de son propre frère. Lui !

Part V

LA VENGEANCE

NE GUERIT PAS DE LA MORT

Cet homme. Cet oncle. Il ne l'était pas jusqu'à cette nuit empourprée des drapeaux d'Albanie claquant au vent pour réveiller bien plus qu'une haine, une colère profonde. De ces colères froides qui se préparent insidieusement, tapies au fond de cavités insoupçonnées et qui se réveillent comme des bêtes sauvages affamées par des siècles d'hibernation. Cet homme auquel la vie aurait dû donner lieu à un pacte de non existence. Cet oncle qui ne le sera pas plus au retour d'Alesiu sur son île. Il en fait maintenant le serment. Il foulera de nouveau le sol de son île pour extirper de son tombeau le silence qui étouffe. Cela passera par l'obligation d'ôter la vie. Ce sera là au moins pour la première fois une bonne raison pour qu'on le bannisse, mais cette fois au moins il la connaitra.

L'été s'achevait. Même s'il portait les stigmates d'une enfance inaccomplie, il avait eu aussi le goût et le parfum de tous les possibles. Une seule année écoulée qui avait suffi à tout l'entendement, auquel parfois une vie entière passée à la réflexion ne permettait pas d'accéder. Rien ne valait l'amour d'une mère et d'un père pour se bâtir et se forger une identité. Mais tout cela n'avait d'intérêt et de sens qu'en étant capable de faire voler en éclat cet héritage, en se confrontant au monde. Seul face à soi-même. Elle était là, la prophétie du fou. Faire face au miroir de son âme, le traverser pour découvrir ce qui se cache derrière. Même ce qu'il y a de plus sombre. Le pardon est inscrit dans ses tripes aux creux desquelles brûle maintenant le feu ardant de la vengeance.

Cette part de sombre qu'il ne fallait pas voir, mais aujourd'hui bel et bien assumée.

Le premier contact avec l'île. Quand on revient chez soi de loin et depuis si longtemps, la sensation est magnétique. Poser un premier pied sur le quai encore endormi et humide des pleurs des filles délaissées. Le regard plongé dans la brume matinale, donnant une perception floue de ce qu'on était en ce lieu quelques temps auparavant. Humer la moindre particule suspendue du moment ambiant. Observer le moindre mouvement. Chaque frémissement des rues toujours inanimées, mais qui gardent les stigmates des beuveries de la veille. Guetter les gestes des statues ivres, que mêmes les rafales ne parviennent pas à faire tituber. Caresser les pavés rappelant avec une bienveillance charnelle combien on y a usé ses sourires. Combien on y a foulé ses souvenirs. Le bruissement des feuilles de papier à cigarette que l'on roule au café, le grincement d'une porte qui s'ouvre sur la routine, les regards perçants épiant le passant à travers les persiennes. Tout s'évoque en faits et en histoires à raconter. Refaire le chemin inverse, mais avec une nouvelle démarche. Le pas plus léger mais beaucoup plus assuré !

Alesiu se le répète. « *Je ne suis pas un autre, je ne suis pas un étranger. Mais je ne serai plus jamais le même. Je suis plus que jamais un enfant du pays qui a grandi ! J'ai aimé sentir, là-bas au loin, combien le monde est riche et quelle place j'y tiens. Ils m'ont tous demandé d'où je viens. « De là-bas !», je leur ai dit, et ils m'ont cru sans la moindre hésitation. Plus que jamais, je suis un enfant du pays. »*

À la ville succédé la route qui s'accroche à flanc de rochers. Que l'on soit proche du rivage ou non, la montagne prédomine à la mer. À travers le carreau de l'autobus qui ondule parfois avec peine j'emplis mes poumons de ce pays qui m'a vu naitre. Mon île ! Mon plexus résonne comme un cristal au milieu des montagnes endormies. Il se passe quelque chose de charnel entre elle et moi. Ses sommets escarpés et découpés aux ciseaux. Ses pics saillants qui ramènent chacun à sa position d'homme et rappellent que c'est cette nature-là qui nous forge et non l'inverse. Ici les villages en lévitation donnent de la hauteur aux regards fiers des hommes qui sentent, chaque seconde plus que n'importe où ailleurs, le privilège d'être en vie et enfant de cette terre. Ici, nul besoin d'apparats. Même si l'on aime le clinquant. La seule vraie richesse est disponible à l'œil et conduit vers l'infini de la mer. Cette richesse, ne s'achete pas, elle se mérite plus que toutes autres, puisqu'elle est offerte. Ce privilège, c'est l'humilité de ne pas oublier que, si le divin est en nous, il l'est d'abord en toutes ces choses bien plus grandioses que nous simples mortels.

De retour au village, pas de prières, plus de temps pour tergiverser. Il n'y a rien à invoquer. La prophétie ne dit rien de cette fin-là. Mais elle est programmée. Retrouver celui par qui tout est arrivé. Ce frère déshérité de l'objet de son amour. Cet oncle jaloux et lâche. Toussaint. Lui, qui jouait l'écoute et les conseils. Lui, compréhensif et rassurant. Il avait chassé la communauté d'Artemisa de peur que ne se réveillent trop de souvenirs à la mémoire du village. Il les avait fait partir comme il avait renvoyé la communauté de sa mère. Quel poids avait-il pour que tout le monde le suive ? La peur ? La fierté et la honte ? Tout cela étouffé dans le silence. Même Antò s'était soumis à la règle. Rien ne justifie le pardon. Alesiu ne peut pardonner.

L'autobus stop sur la place du village. Et au bout, à quelques pas, il y a le salut. Le soulagement de reprendre ce qu'on lui a volé. Là-bas, au bout de la rue, la vitrine. Et derrière la vitrine, le magasin avec, à l'intérieur, le magnifique comptoir de bois sur lequel le sang coulera. Alesiu accomplit les quelques pas à travers la rue principale. Elle est pratiquement vide à l'exception des piliers habituels qui tiennent fébrilement les édifices de débit de boisson. Le début d'automne a fait son œuvre, les touristes sont repartis. Le vent pousse les anciens, le pas trainant. La poussière tournoie en spirale vers le ciel. Tout est suspendu. Même les boules de pétanques défient la gravitation. Elles valsent autour de l'ombre du phytolacca dioica. Sur les tables, les cartes ne sont pas encore rabattues. On scrute Alesiu mais on ne le reconnait pas. Passé la place, quelques mètres avant le magasin de Toussaint, Alesiu est stoppé net. Mis à terre avec une douce vigueur. Le visage badigeonné fougueusement de caresses langoureuses. Django lui saute au cou. L'accolade dure une éternité. Comme deux frères qui se retrouvent après un long voyage.

Puis Django tire son jeune maitre par le pantalon jusqu'à la devanture dont la grille est fermée. À l'usure de l'écriture du message collé sur la porte, on comprend que la fermeture date de plusieurs mois. Django gratte et grogne. Il sait comme son maître sait. Mais dans ces circonstances comme dans toutes autres, le sang-froid est de mise. La loi naturelle s'appliquera d'elle-même. Antò. Antò devrait savoir où trouver Toussaint. Django et Alesiu se lancent sur le chemin de l'enfance qui remonte à la bergerie. Entre la terre et la roche, entre le ruisseau et les herbes hautes. Sur le chemin poussiéreux. Juste à la sortie du village après les deux églises. Comme le premier jour et dans cette même démarche saccadée, Alesiu croise le fou.

- *Cherche vers les sommets du nord. C'est de là que ton mouvement est parti. C'èst d'ici que de ton couffin tu as étendu tes ailes de milan. Cherche vers le Cintu* !

Comme il est venu, Johnny est reparti. Le rêve. Le survol qui se finit dans cet endroit d'ombres et de terreur. Là où le vent glacial s'infiltre jusque dans les os au creux desquels résonne, en écho, le cri strident de la mort. Là où le sang coagule en de noirs dénouements. Il n'y a plus de questionnement. Juste faire confiance aux éléments.

L'univers envoie toujours un signe. Rejoindre le Cintu. Faire tout ce chemin pour revenir où l'on a grandi. Grandir vraiment, c'est donc s'extirper de ce que l'on a tout près, juste à côté. Partir loin pour revenir. Revenir sans ce même attachement à ce qu'on était. Partir pour apaiser l'histoire. Oui ! Alesiu a opéré le changement.

Quoi qu'il puisse faire, la vengeance et le silence. C'est son héritage. Alesiu doit se rendre à cet endroit le long du sentier de haute montagne. Ce parcours qu'il a partiellement sillonné au gré de ses découvertes. Partir du point de départ au nord. Pour tenter de retrouver ce lieu qui lui parle depuis l'enfance. Affronter la montagne rude et exigeante pour continuer de faire face à son histoire. Le sentier évolue sur les pas des bergers qui transhument leurs bêtes, accompagnés de leur mule. Â la végétation succède la roche aride et déchiquetée. Â la marche, succède l'escalade sur les plaques instables et les descentes dans les éboulis. Les nuits sont froides en pleine montagne. Le climat capricieux oblige à partir tôt des refuges où l'on tente le repos. Mais Alesiu n'a pas oublié d'où il vient. Le corps toujours alerte. Le regard encore plus affûté. La vision lointaine du rapace, la bienveillance du loup chef de meute. Toutes ces années qui le conduisent maintenant vers sa vie d'adulte. Toutes ces expériences qui sereinement le mènent vers une fin. Non ! Il n'y aura pas eu que des incipits ! Tout ce qui semblait être un éternel recommencement montre une vraie continuité. Une évolution naturelle. Chacune des étapes mises bout à bout pour arriver en ce lieu. Django, le frère d'arme, l'accompagne cette fois. Il ne lui a pas laissé le choix. La vue d'ici est imprenable.

Elle oscille entre mer et montagne. Depuis le sentier entre les bosquets de genévriers et les dalles rocheuses, les étendues de neige qui parfois persistent et s'engouffrent dans les goulets. Les contrastes de couleurs saisissants d'ocre rouge, de vert émeraude. Comme dans son rêve.

Alesiu traverse la longue passerelle de bois surplombant des piscines naturelles, grimpe le col jusqu'au lac, puis longe la crête de laquelle on aperçoit en contrebas le refuge qui l'attend pour sa troisième nuit. Django sent, et stop net. Un vent défavorable vient de pénétrer ses narines. D'en bas, on entend un chien aboyer, puis deux coups de feu retentissent successivement au creux de la vallée. Les balles sifflent dans leur direction sans pouvoir les atteindre. La silhouette d'un homme quitte la bâtisse de l'Ascu Stagnu à la hâte. Sans vraiment le distinguer, Alesiu comprend à la réaction de Django que Toussaint vient de tenter de leur tirer dessus. Le fou l'a mis sur la bonne voie. Toussaint s'est mis au vert. Réfugié dans les montagnes depuis plusieurs semaines. Depuis plusieurs mois sans doute.

L'après-midi approche. Le ciel se charge de denses et sombres nuages... Toussaint se le répète, « *C'est le destin de cet enfant. Le même que celui de son père. Chacun nait avec son destin je ne suis pas responsable. Natu a parsona, natu u distinu** ». Parti à la hâte du refuge.

---

*Lorsque nait une personne, son destin est tracé

Toussaint a laissé la carabine avec laquelle il avait voulu dissuader ses poursuivants. De toute façon, il n'avait plus de munitions. « *Ils savent où je suis ! Ce lâche d'Antò leur a tout dit* ». De grosses gouttes lui perlent déjà sur le front. La marche démarre tranquillement puis évolue ensuite dans le raide et l'escarpé. Plus que la douleur de l'effort, c'est surtout le stress et l'angoisse qui montent. Toussaint presse le pas. Il faut faire vite. Se dissimuler plus bas. Gagner du terrain avant qu'Alesiu ne puisse le repérer. Il faut faire vite, avant que le temps ne tourne. Car une fois les orages commencés, impossible de continuer à progresser. Des torrents de pluie et de roche qui se détachent et vous emportent. Il faut faire vite pour ne pas passer la nuit dehors. Il faut faire vite pour ne pas que la vengeance le rattrape. Toussaint abeau connaitre la montagne de l'île, sa condition physique n'a jamais fait de lui un montagnard.

Alesiu et Django arrivent au niveau du refuge. Le fidèle compagnon gratte le sol en grognant de la même hargne que devant la grille tirée de la boutique de Toussaint. Le panneau indique que l'étape suivante est réservée aux très bons marcheurs, difficile par temps de pluie, impraticable et dangereuse en cas d'orages.

- Django, mon fidèle. Je dois t'attacher ici. Je ne t'abandonne pas. Je ne veux pas que tu risques ta vie pour moi. Je te retrouverai très vite.

Les premières gouttes de pluie tombant en rythme saccadé marquent le sol poussiéreux comme de petits impacts de balles. Le sentier balisé de mini cratères, sur fond noirci par les nuages, prend un aspect lunaire. L'air, chaud l'instant d'avant, s'humidifie aussitôt. Tous les bruits de la vallée se taisent et s'étouffent dans une atmosphère densifiée. L'odeur exacerbée des plantes devient entêtante. Les premiers roulements de tambour se font entendre au loin entre les pics du Nord Est. Une bête immonde semble dévaler des montagnes pour rattraper les deux hommes et engloutir l'état de tension électrique instauré. La marche s'engage dans un canyon escarpé fait d'éboulis de roches biseautées, aux parois parfois verticales et aux goulets de névés. Si bien que chaque pas se réfléchit et se réalise avec l'appui régulier de chaines arrimées à la roche. À l'orage précède la brume qui commence à envahir la vallée. Les éclairs se rapprochent bien plus vite que la progression humaine. Les contrastes de couleurs disparaissent, toutes les montagnes prennent un ton de gris et d'effroi. Aux gouttes de pluie succède une grêle d'œufs de poule. La température chute brutalement. Règne de la terre dans son expression la plus sauvage et imprévisible. Celle qui commande à tout homme un vœu d'humilité tant le franchissement d'une telle étape ne peut se faire que seul face à soi-même. Passé la grêle, la pluie qui redouble, crée de puissants torrents. Arrivés à ce niveau, leur esprit commande aux jambes qui ne sont plus qu'une succession de crampes dues aux dénivelés positifs et négatifs enchainés depuis des jours.

Impossible de continuer. Alesiu s'abrite sous un immense rocher le temps que cela se calme, mais il ne veut faut pas trainer et déguerpir avant que la nuit ne tombe. Même si Toussaint a pris de l'avance, Alesiu sait qu'il a le bénéfice de l'âge et la pratique de son île. Très vite, il décide de reprendre le sentier. Toussaint s'est certainement arrêté, il faut profiter de cet instant de terreur pour regagner du terrain.

Après trente minute de marche sous la pluie battante, au creux de la vallée encaissée, Alesiu aperçoit son homme sortir de sa cachette. Et dans sa précipitation, la jambe de Toussaint est prise dans une cavité et se brise au niveau de la cheville. Dans un cri de douleur absorbé par la torpeur du ciel, l'homme s'effondre de tout son long. Alesiu se presse pour le rejoindre en extirpant de sa besace le couteau de berger de son père. Le couteau à lame de damas et au manche en corne de bélier. Arrivé au niveau de l'homme pétrifié de souffrance et foudroyé par la peur, il le saisit par le col, le tire jusqu'à lui et le contemple droit dans les yeux durant des secondes qui lui paraissent une éternité. Une main en prise sur la chemise de Toussaint, l'autre tenant fermement le couteau. Et avec une grande froideur lui fait :

- Tu n'as d'oncle que le nom. Et celui de frère a disparu le jour où, dans ta plus grande lâcheté, tu as emporté sa vie. Voilà ce qui depuis le début fait de moi un pestiféré sur ma propre terre ! Ce secret que tout le monde tait ! Ma mère ! Celle que mon père a eue comme seul tort

d'aimer. Pas parce qu'elle venait d'une communauté de voyageurs, pas par la faute de l'intolérance face aux étrangers. Non ! Juste par jalousie ! Ta jalousie Toussaint ! Parce que tu n'as pas supporté que ma mère l'aime, lui, plutôt que toi ! »

- Non Alesiu ! Laisse-moi t'expliquer avant d'en finir avec moi ! Ne fais pas de bêtises !

- Je n'ai pas besoin d'explications ! Tu as fait taire l'histoire pour que personne ne sache. Et tu as ligué tout le village pour mettre dehors la communauté. J'aurais pu le comprendre ! Car ce qui s'est passé avec Artemisa réveillait le souvenir de quelque chose de déjà vécu. Ma mère m'a expliqué aussi pourquoi Vieille Saveria, qui me choyait si bien, a fini par se rapprocher de toi. Je la croyais veuve. Mais non ! Seul son amour était mort ! C'est toi qui l'as quitté pour tenter de conquérir ma mère.

- Là est la faiblesse des hommes. Mais est-ce que cela vaut de prendre une vie ? Non ! Non Alesiu Non !

Alesiu, dans un geste sec, tranche l'air de sa lame. Dans cet instant suspendu, l'orage file et laisse place à un ciel radieux qui redonne toute sa vivacité à ce lieu, terrifiant l'instant d'avant. Les couleurs reviennent, les oiseaux reprennent à voltiger et à chanter, et la montagne renvoie à nouveau son écho.

Alesiu lève les yeux. Stupéfait, car il ne s'en était pas rendu compte jusque-là. Il est là, au milieu de ses montagnes. À l'endroit-même où s'achève son rêve d'enfance. Ici, au fond du Cirque de la Solitude, où le milan s'était posé. Ici, au fond du Cirque de la Solitude, où le sang a coulé. Oui. Ici, on a assassiné son père et fait de lui un orphelin. Alesiu, un instant laisse ses cheveux ondulés caresser par le vent frais qui s'engouffre dans la vallée. Il se contente d'être bercer par cette vue grandiose lui inspirant un certain apaisement. Il extirpé de sa rêverie par des bruits d'éboulis dévalant au-dessus de lui. Un homme petit et trapu, portant une grosse barbe, court pour le rejoindre en hurlant.

- Non Alesiu ! Non ! Tu n'as pas fait ça ? Tu ne sais pas tout, sans doute ! Non !

Alesiu met du temps à le reconnaitre. Pourtant à part la barbe et un visage encore plus marqué, il n'a pas changé. Antò.

- Alesiu, mon pauvre Alesiu ! Si seulement tu avais tout su, tu ne l'aurais pas tué !

- A vendetta un guarisce di a morte, ma sparische l'epidemia*. Antò, La vérité est une arme qui laisse une plaie bien plus profonde que la lame d'un couteau de berger. Oui ! L'arme c'est la vérité qui fait peser une honte insupportable sur les épaules du coupable.

---

* La vengeance ne guérit pas de la mort, mais elle répand l'épidémie

L'obligeant à partir. Et n'être plus que dans le déni de lui-même.

- Antò, aide-moi. Je me suis brisé la cheville. Aide-moi et dis-lui ce qui s'est passé !

Toussaint git toujours à terre, tordu de douleur, mais vivant. Antò reprend la parole :

- Alesiu, ce que je vais te dire est dur à entendre, mais c'est la pure vérité ! J'y mets tout mon honneur de parrain et ami de ton père. Oui, ton père a bien été assassiné ici. Mais ce n'était pas la volonté de Toussaint et ce n'est pas lui non plus qui a commis ce geste. J'ai du mal à te le dire... Alesiu ! Ton père est mort parce qu'il a voulu te protéger. D'elle. De son désir qui passait au-dessus de tout. Elle n'a vécu cette histoire que comme un tremplin pour sa propre réussite. Parce que la passion de ton père lui faisait soulever des montagnes pour elle. Et puis un jour, elle a compris que Toussaint pourrait la conduire jusqu'à Paris. Oui. Toussaint, sous ses airs de bon commerçant, détient des activités moins reluisantes. Des bars à filles à Pigalle. Ce sont ses hommes qui te sont tombés dessus là-bas. Pour que tu arrêtes de chercher. Toussaint a eu peur que l'histoire ne se réveille. Peur pour le village. Peur pour lui. Quand ta mère a compris, qu'elle n'obtiendrait plus rien de ton père, elle a joué un double jeu entre les deux frères. Ensuite elle est partie en t'abandonnant. Puis elle a fait envoyer des hommes de main de son compagnon pour t'enlever et empêcher que

ton père ne puisse un jour te récupérer. Par pur haine et vengeance.

- Oui Alesiu, je suis coupable. Coupable d'avoir indiqué à ta mère où ton père s'était réfugié avec toi. Je me suis laissé piéger par le chant de cette sirène des balkans. Elle m'a dit en pleurant qu'elle ne pourrait pas vivre sans pouvoir être mère. Qu'il fallait qu'elle vienne te récupérer. Ton père avait bien compris, lui, qui elle était vraiment. Qu'elle ne faisait les choses que par principe et intérêt, non par amour. Mais elle plaçait au-dessus de tout le besoin de briller.

Alesiu sonné, K.O se tourne vers Antò qu'il saisit par la chemise.

-Dis-moi que c'est faux ! L'as-tu vraiment vu ?

- Comme aujourd'hui, je m'étais rendu dans les montagnes pour prévenir ton père. Mais lorsque je suis arrivé, c'était trop tard. Ils ont fui. Ton père gisait à terre le sang répandu avec la lame de son propre couteau. J'ai retrouvé ton couffin un peu plus haut, à l'abri entre les rochers.

Après avoir encaissé le K.O, ALesiu retrouve son calme. Même s'il réalise qu'il s'est trompé sur sa mère, il prend conscience de l'utilité de son chemin. Celui de la voie de l'apaisement. Qu'il livre à Antò et Toussaint avant de les quitter.

- Mon histoire ne restera pas celle d'une mère et d'une montagne. Je me suis confronté à moi-même. Ce qui a le plus compté ce n'est même pas ce que j'apprends maintenant. C'est le mouvement généré en moi. Vous avez contribué à tout cela à cause de votre silence. Ce silence qui détruit l'amour. Qui empêche de préserver l'enfance et oblige à grandir vite et mal. À se montrer fort. Être fort, ça n'est pas se constituer une carapace d'insensibilité, qui garde toute la souffrance en dedans. Et conduit à la haine des hommes. Être fort, c'est accepter d'être vulnérable et de choyer l'enfant que nous conservons à l'intérieur. C'est faire sa mue. Laisser cette première peau que d'autres ont modelée pour nous. S'en extirper, puis s'envoler.

Cette quête. Elle me révèle ce que je sais déjà. Que ce que je suis est inscrit dans mes chromosomes depuis toujours. Que mon essence pure est en moi depuis le début. Que ce qui m'est transmis en héritage n'est pas la profondeur de ce que je suis. Que le poids de mon passé était en fait plutôt le poids de l'inconnu. Que mon présent aurait peut-être été un fardeau encore bien plus pesant s'il avait été chargé des frustrations et des difficultés de ceux qui m'ont transmis la vie. Que je peux enfin me débarrasser de ce que portais pour les autres. Pour le rendre à ceux qui sont restés figés. Rester figé, c'est vivre moins longtemps, c'est vieillir plus vite. C'est mourir. L'instant s'étire dans le mouvement.

Je sais. Oui, désormais, je sais que je suis fait pour vivre l'instant comme l'essentiel de ce que doit être la vie. Ceux d'ici que je retrouve ont vieilli bien plus vite que moi qui suis parti un an. Ils semblent plus vieux, plus frileux, plus peureux, plus aigris.

Oui ! Je suis d'ici. Mes racines, sont cet endroit d'où je puise ma sève, la source nécessaire à ma régénération. Mon île est mon centre de gravité. Là où je reviens, parce qu'il est la courbure de mon espace-temps qui exerce sur moi sa force d'attraction. Nous formons un tout indissociable. Je veux continuer à bénéficier du cadeau qu'est la vie. De la joie des rencontres. Du partage d'un simple moment. De la beauté d'un paysage. De l'amour.

J'ai trouvé un mot. Un mot qui a tellement de valeur et de sens pour moi, un mot qui se perd parce que notre monde fait vieillir notre âme et notre cœur parfois déçus, victimes de désillusions. Ce mot que l'on repousse comme une honte parce que ce serait être faible de ne pas s'en éloigner sous prétexte que c'est le seul moyen de grandir. Ce mot n'est pas la naïveté. Non ! Parce que naïf empêche de prendre conscience qu'il faut parfois se protéger. Ce mot. Il est celui que l'on conserve en soi si l'on reste ancré à son enfance. À ses rêves.

À sa spontanéité. Au désir de toujours y croire, si l'on reste ancré à sa joie originelle. Ce mot, c'est "innocence". Je veux la garder en moi. C'est la plus pure manière d'être centré sur mon authenticité profonde. Et tout cela je l'ai trouvé en traversant le chaos. Il faut le tumulte des vagues pour extraire la beauté. Le paysage de mon île ne serait pas ce qu'il est sans ce désordre passager. Qui aimerait des côtes lisses à la place de ces falaises grandioses et découper par les embruns du temps ?

Alesiu a regagné son village depuis plusieurs semaines déjà. Il sait qu'il repartira. Mais à chaque fois pour mieux revenir. Et s'y installer définitivement, plus tard.

Alesiu et Django marchent le long de la rue principale pour se baigner de cette ambiance nonchalante loin du tumulte des rues des grandes villes, loin de l'agressivité et de l'horreur. À son passage, les cartes sur les tables sont rabattues. Les nez en l'air ne matent plus les fesses des belles filles ou les calandres des grosses cylindrées. Les regards se tournent vers lui. Les mains se lèvent pour le saluer, et les anciens se tournent vers les plus jeunes en disant « *Mi, c'est Alesiu ! L'enfant du pays est revenu !* ».

Alesiu a repris l'activité de la bergerie qu'Antò surveille de loin pour ne s'occuper que de plantation et de contemplation. Et de parties de golf pozzi. Toussaint a fermé boutique. On ne le voit guère plus au village qu'il a quitté définitivement. Alesiu et Django marchent pour suivre le chemin vers le triangle de granite rouge prendre cette bouffée de vie et réfléchir à la prochaine destination.

Au détour d'une rue, une grosse voiture noire leur fait volte-face. Deux individus au faciès ciselé en sortent. Et dans un roulement de R déferlant tout droit depuis l'adriatique, l'interpellent.

- Tu es Alesiu, fils d'Eni Gjelbër ?

- Je suis Alesiu, fils de deux terres sauvages mêlées et ma maison est ma liberté

Jusqu'au cœur des deux églises du village qui se font front, jusqu'à l'angle de la boulangerie de vieille Saveria où débute le sentier vers la bergerie, deux détonations retentirent. Alesiu s'effondre sur le sol de sa terre natale et y mêle son sang. Django, qui a tenté l'impossible en s'interposant a eu droit à la première balle, son corps gisant près de celui de son maitre. La respiration d'Alesiu se fait de plus en plus courte et saccadée. La vue de moins en moins nette. Un léger voile blanc enveloppe désormais tout son environnement. Vision floutée. Tout devient silhouettes informes. Le dernier filet de vie s'emplit de la fragrance subtile de cette fleur venue d'ailleurs. La Mariposa. Que la main délicate d'une silhouette féminine, dansant au milieu d'une nuée de papillons blancs virevoltant dans l'air, dépose autour de lui. Préparant le voyage vers un autre ailleurs. La respiration courte laisse la place à des spasmes de plus en plus espacés guidés par le souffle de l'accordéon. La silhouette tend une main féline et délicate pour écarter les mèches ondulées de cheveux qui lui recouvrent le visage. Le doux souffle de la voix se glisse dans son oreille,

- *Tout va bien ne t'en fait pas, Latcho drom Alesiu, je t'accompagne.*

La voiture noire, une grosse Mercedes ancien modèle, détale par la rue principale. Sur le coin droit de la plaque d'immatriculation, le logo d'un aigle noir à deux têtes.

FIN.

Alesiu, une quête, une odyssée...

Dans l'écriture, l'inconscient fait toujours bien les choses. L'histoire se déroule au milieu des années 90. Chaque épreuve est venue en résonance avec le chemin d'Ulysse qui quitte Ithaque défier les dieux et y revenir.

- Artemisa = Artemis déesse de la chasse et des accouchements, elle permet à Alesiu de naitre à lui-même.

- Mallaurie de Paris qui retient Alesiu 7 semaines jusqu'à lui faire oublier les raisons de sa quête = Calypso (nymphe qui, par amour, retient Ulysse 7 ans sur son île)

- La crise de la vache folle = Les bœufs du soleil (Les compagnons d'Ulysse ne résistent pas à manger les bœufs et subissent la colère des dieux)

- Le borgne à 15 % (montée du FN) = Le Cyclope

- Attentat station St Michel = Le Royaume des Morts (Ulysse s'y rend pour rencontrer Tiresiais qui prédit l'avenir)

- Richard le clochard de Troyes qui permet à Alesiu de rencontrer un personnage clé = Le Cheval de Troie (permet à Ulysse de pénétrer la cité)

- Le chant mystique vers le pays des aigles = La Sirène (femme oiseau qui manipule de son chant)

Vibration, Respiration et Inspiration.

Harmonie et équilibre du langage par la musique. Les mots sont ma petite musique du cœur. Toutes ces musiques qui m'ont accompagné durant cette écriture.

Alt-J   A Filetta

Asgeir Trausti Beirut   Angelo Badalamenti

Balmorhea Bliss Bon Iver Bonobo Babel Daughter

Damien Rice Dustin Tebbut Keith Jarret Kimbra

Jazzekiel Leonard Cohen Mike Oldfield Kwal

Ola Gjeilo Radiohead Orange Blossom

Santaolalla Max Richter

Light in babylon

I Muvrini

Remerciements

Je tiens à remercier tout particulièrement Lili S qui m'a accompagné sur toute la fin de mon écriture, pour sa relecture minutieuse, éclairée et éclairante. Et sa présence à mes cotés.

Merci à Diane P qui m'a insuflé ce titre et sans le vouloir a impulsé un peu plus mon désir d'écrire.

Merci à Anne S pour son apport et sa maitrise de la langue insulaire, à Ninou L et Mum pour leur relecture.

Merci à mes fils, à Olga et Auguste qui m'ont donné le goût des mots mais n'auront pas connu les miens, à ma famille qui tient une place précieuse. Merci aux rencontres et à la vie qui ont nourri toute mon inspiration pour ce roman. Merci à mon île. Merci à toi lecteur qui fais vivre ces mots !

10182504R00160

Printed in Germany
by Amazon Distribution
GmbH, Leipzig